茶趣

丛书总主编◎叶章群

访茶游记（二）

主编◎叶章群　王树声

长江出版传媒
湖北科学技术出版社

图书在版编目（CIP）数据

访茶游记．二 / 叶章群，王树声主编．—武汉：湖北科学技术出版社，2019.12
（茶趣）
ISBN 978-7-5706-0801-0

Ⅰ．①访… Ⅱ．①叶…②王… Ⅲ．①游记—作品集—中国—当代 Ⅳ．①I267.4

中国版本图书馆 CIP 数据核字 (2019) 第 253651 号

责任编辑：李　青　　　封面设计：胡　博

出版发行：湖北科学技术出版社　　　电话：027-87679485
地　　址：武汉市雄楚大街 268 号　　　邮编：430070
（湖北出版文化城 B 座 13-14 层）
网　　址：http://www.hbstp.com.cn

印　　刷：武汉市金港彩印有限公司　　　邮编：430023

880×1230　1/32　9 印张　200 千字
2019 年 12 月第 1 版　　　2019 年 12 月第 1 次印刷
定价：58.00 元

主编介绍

叶章群

中华医学会泌尿外科分会前任主任委员，湖北省医学会泌尿外科分会主任委员，湖北省泌尿外科研究所所长，国际尿石联盟（IAU）主席，中意马可波罗泌尿外科学会中方主席，《中华泌尿外科杂志》副主编，《现代泌尿生殖肿瘤杂志》主编。获全球华人泌尿外科成就奖、吴阶平泌尿外科医学奖、裘法祖医德风范奖。

王树声

中华医学会中西医结合学会泌尿外分会候任主任委员兼结石学组组长，国际尿石联盟（IAU）理事，海峡两岸医药卫生交流协会泌尿外科专业委员会常委，广东省医学会泌尿外科分会常委兼尿路结石学组副组长，广东省中医院泌尿外科主任，《泌尿系结石诊治指南》编写组成员，《现代泌尿生殖肿瘤杂志》编委。荣获岭南名医称号，主编和参编泌尿外科教材、专著 8 部。

编者的话

正值《茶趣》系列丛书《访茶游记（一）》编写完毕，即将付梓之时，我的心情好似饮了一泡上好的普洱茶，分外愉悦。似乎感觉自己在弘扬中国的茶文化，因此颇有一点成就感。读者可能会问：作为一介郎中，为何如此钟情于茶文化，品茶论道、访茶问友，甚至还要为茶著书立说，个中缘由是什么呢？这也许是一种兴趣巧合；也许是一种个人经历中的必然。

回想起六年前，我因担任华中科技大学同济医院泌尿外科主任，同时兼任中华医学会泌尿外科分会主委，工作十分繁忙，曾一度精神比较紧张，睡眠差，血压很高，服用三种降压药仍不稳定，身体状况欠佳。我的老师周四维教授得知我患病后，便劝我适当放慢工作节奏，养成多饮茶的习惯，这样血压肯定会稳定下来。他现身说法地告诉我，他以前也是高血脂高血压，后来每日抱着杯子饮茶，放慢工作节奏，现在血脂降下来了，血压也不高了。后来广东省的同仁王树声教授也这样说。他的父亲已近耄耋之年，原来也是三高（高血压、高血脂、高血糖），后整天和一帮老人在一起喝茶聊天，现在三高症状和指标都明显得到改善。听他们二位的劝导，于是我开始每日带着茶杯饮茶，结交一些品茶的朋友在一起品茶论道，谈论有关茶的知识，又买了一些茶书阅读，不知不觉就爱上了饮茶和茶文化。最终我受益的是：六年来，自学会饮茶，我的血压真的就非常稳定了，现在只需每日服一片降压药即可，而且身体和精神状况都较六年前好多了。

读者也可能又会问：饮茶为何能降压呢？根据我了解到的有关茶的保健知识和我的亲身体会，我想饮茶降压的作用可能包括以下几方面。其一，饮茶是五大慢生活（饮茶、抚琴、插花、闻香、绘画）之首，能使精神放松，心情愉悦；其二，茶有降低血脂的作用；其三，茶中的茶碱有利尿的作用。当然除上述作用外，茶还有许许多多的保健养身作用。所以我应该说是茶的受益者。

这些年来，我常利用周末出差、讲学的机会，遍访茶山、茶厂，向茶人和书本学习茶的知识，确实在饮茶、泡茶、茶文化的了解方面有一些进步。最重要的是在这些实践的过程中，结识了一些爱茶之人，从中找到了许多的乐趣。如每当我出差到一地，就会有许多同事和茶友到我房间来一起喝茶，其乐融融。

我想，既然中国的茶文化博大精深，饮茶访茶有这么多的益处，既能强健身体，又能带来莫大的愉悦、快乐，为何不让更多的人来了解茶文化，养成饮茶的好习惯，分享这些益处和乐趣呢？这可能是我主编《茶趣》系列丛书的初衷。

有了这种想法，我就开始组织一些爱茶的好友，共同来编写。请他们写上他们的饮茶、访茶、斗茶、泡茶的经历和感受，顺便谈谈茶山的风土人情、饮食文化。

中国地大物博，茶资源丰富，有许多美丽的茶山，美丽的风景，有许多勤劳朴实的采茶、制茶人，更有丰富多彩的茶文化。这些都是值得书写，值得宣传，值得弘扬的。虽然我们大家都不是文人，大都是从事医务工作的，但我们都有一个共同的心愿，即让更多的人了解中国灿烂多姿的茶文化，让更多的人了解与茶有关的美丽的自然风景和人文景观。

相信阅读此书的读者，会有一些人将会和我们一样，也踏上访茶之路。

编者于丁酉年初冬

本辑前言

茶饮之所以流行，离不开它使人精神愉悦、强身健体的功效，也离不开它澄净内心、调节心理平衡的作用。茶不仅是增加滋味的饮料，也是传承文化和传递情感的载体。而在访茶的途中，茶会因旅途的疲乏而更添一分滋味，也会因好友间的分享和人间的善意而更为香甜。因为茶结的缘，使“茶趣”系列丛书得以诞生。

本辑《访茶游记（二）》的文章延续了前一辑的体例，首先写访茶，其次写体悟。中国有着各种滋味的好茶，有着无数风景俊秀的茶山。湖北的宜昌五峰、恩施宣恩，福建的武夷、安溪、宁德，云南的普洱，广东的潮州以及宝岛台湾等地，都既有着迷人的景致，又有着让人陶醉的茗茶。浮生得闲，若去访景品茶，岂不美哉？当然，在全球化的今天，茶也凭借其魅力走向了世界，在伊斯坦布尔的街头、在京都的茶肆感受一番当地特色的茶饮，也是兴味盎然。此外，茶也是文化的载体、情感的纽带、烦恼的解药，譬如和得道僧人探讨一番“茶禅一味”的真谛，和友人感受一番访茶、斗茶、泡茶、品茶的乐趣，肯定会使人受益匪浅；师生一起享受品茶的时光，交流感情和对茶的感悟，也会升华出一份独特的友谊；抑或独自一人品茶获得短暂的宁静与放松，也是一种值得分享的体验。据了解全世界每天消耗超过20亿杯的茶，但并不是每一杯茶都喝得让人舒爽。所以也不用太执着于茶的价格、茶具好坏、品茶人的身份，有了茶大家一起体验，有了开心有趣的事情大家一起分享，这样路边摊的不知名茶也能喝得宾主尽欢，野地里煮的茶水也有意外的香甜。

上述美好的地方，俊秀的茶山，各种有趣的品茶场景，本辑都有详尽的描述。相信读者阅读此书后，也会油然而生访茶的兴趣、品茶的热情，憧憬去体验茶带来的愉悦和快乐。正所谓：待到春风二三月，石炉敲火试新茶。

编者于己亥年初冬

目录

相国寺溯源茶禅一味 / 1

蕉城宁德问茶说建文 / 10

武夷山探访茶人陈克春 / 18

神秘的“空谷幽兰” / 29

夜访桐木关 / 37

宜昌五峰访“采花” / 47

古城宣恩访贡茶 / 60

好茶，从种植开始 / 73

也谈饮茶的乐趣 / 80

清新茶都之旅 / 89

武夷山岩茶诗词选 / 95

白玉蟾·武夷岩茶·止止庵游记 / 102

二进潮州访茶乡 / 109

台北寻访普洱老茶 / 127

伊斯坦布尔的异域茶风 / 145

在京都品日本玉露茶 / 155

武夷探茶番外篇 / 161

兰的忧伤 / 169
叶老的茶包 / 175
一心只做中国最干净的茶 / 181
街头茶话 / 187
喝茶，参禅 / 192
寻访醉白楼，醉饮正气塘 / 198
竹吟处暑气消，茶香时师生欢 / 206
云水谣探茶之一：土楼红美人 / 217
云水谣探茶之二：寻访铁观音 / 224
月光白 / 230
探武夷秘境土国在 / 233
医者茶人李清盛 / 238
泰卦之易理和医理茶理 / 244
淡定哥·败家子 / 252
陆羽茶经楼把茶言欢 / 268
悟·茶道 / 270
心中有爱，处处阳光 / 274

相国寺溯源茶禅一味

叶章群

自《访茶游记（一）》出版以来，笔者的一篇《禅茶一味引我步入普洱茶门》引起了读者的关注。许多朋友读后告诉我说，看后都对禅茶文化产生了兴趣，希望能更多地了解“禅茶一味”或“茶禅一味”的历史渊源和其在国内外茶界风靡的原因。为了满足读者的需求，笔者又参考了许多书籍，并就这些问题特意到湖北大洪山相国寺去请教了演善法师。

正值银杏满树黄叶，十分灿烂的时候，我们一行相约乘车去随州相国寺拜访演善法师。法师看上去非常年轻，高高个子，白白净净，面目清秀，举止端庄，温文尔雅。去年一次拜访，他给我留下了深刻的印象。

因他主编的杂志《禅悦》内容丰富，图文并茂，可读性极强，去年赠我的10册都已读完，所以此次拜访，一方面是找他讨几本近年新编的《禅悦》，另一方面是想请教一些有关禅和茶的问题。

笔者与演善法师合影

我们的车从汉口出发，开了约莫两小时便来到随州市镇的一个农家乐吃午餐。午餐的土鸡烧得特别好吃，萝卜和扁豆也特别好吃，还有农家馍和锅巴稀饭，都是农家味。大家酒足饭饱后就启程去相国寺。相国寺在一座山上，周围都是崇山峻岭，道路崎岖，但风景宜人。进山后便觉神情气爽，真乃是“灵山多秀色，空水共氤氲”。车行约莫半小时便到达相国寺。门前有一株巨大的银杏树，估计也有两千年以上。一走进大门，便见到侧墙上展示有湖北诗词楹联作家宋长艳赞演善法师的诗。正值相国寺重建，想必演善法师十分繁忙，但他还是同意接见我们。

随州相国寺银杏树

小沙弥领我们上楼去见演善法师，在他的茶室坐下。我们说明来意，表达了想要请教茶禅一味的典故和来源的需求。法师谦逊地说道：“千百年来，‘茶禅一味’解释甚多，众说纷纭，莫衷一是，要得到一个权威性的定义是十分困难的，因为下了定义以后就会否定许多其他人诠释的观点。所以我今天也只有抱着学习的态度相互探讨。至于有不妥的地方，也不用去较真。

“关于禅与茶的关系，禅是精神层面的，而茶是生活层面的。通常认为禅是茶的灵魂，茶是禅的载体，从思辨程度上讲，禅是讲的理，茶是讲的事。佛教讲理事无外，事事无外，理事圆融，事事圆融。禅茶圆融，也可解释茶禅一味。至于如何去理解，就如我们佛教有许多法门去讲经一样，有时是需要去觉悟的。”

我专门带了两泡野生红茶，让在座的何老师为我们泡茶，边喝边聊，演善法师为我们讲解了许多茶与禅的佛学和哲学方面的观点。大家听得津津有味，深为法师的渊博知识所折服。

我再三请求法师给我们讲讲“茶禅一味”的典故及起源。

演善法师告诉我们“茶禅一味”典故源自于赵州和尚（公元778年—897年）的偈语——“吃茶去”。据日本学者推定，“茶禅一味”的提法应该起于夹山，宋代高僧圆悟克勤驻锡金陵蒋山撰《碧岩录》时曾潜心研习禅茶之间的关系，从禅宗的观念和思辨来品味茶的无穷奥妙，终有所悟，乃挥毫写下了“茶禅一味”四字。中途经虎丘绍隆接手此墨迹，后流入日本，经由一休宗纯收藏。圆梧克勤写给弟子虎丘绍隆的手书《印可状》，深刻地影响了日本禅茶的发展。这份《印可状》日后成为日本茶道的至宝。当今日本茶道和“茶禅一味”

的思想渊源都会追溯到圆悟克勤。

同行的读者朋友请笔者为《访茶游记》签名

收藏“茶禅一味”真迹的一休宗纯（1394—1481）是日本著名禅僧，其弟子村田珠光开启日本禅茶学风。村田珠光有打盹的习惯，常显得古怪失态，后遵医嘱喝茶，果然不再打盹。从此他便喜欢上茶。一次一休让珠光送茶，当珠光捧茶来时，一休大喝一声，将手上的茶打落在地，珠光一动不动。过会一休问：“茶碗已打落地，你还有茶喝吗？”珠光两手做捧碗状说：“弟子仍在喝茶。”一休问：“你这也是喝，那也是喝，可是全无心得。这种无心喝茶，将是如何？”珠光沉静地回答：“无心之茶，柳绿花红”。一休大喜，遂将自己珍藏的墨迹“茶禅一味”传了珠光。珠光自此开始将禅的思想导入茶文化中，开创了日本茶道禅道结合的先河。珠光于是成为禅茶的“开山鼻祖”。演善法师边喝茶边笑着说：“这便是‘墨迹开山’的故事。”关于“茶禅一味”真迹所在何处，演善法师说现珍藏在日本奈良大德寺，作为镇寺之宝。

了解了“茶禅一味”的历史渊源后，我又问演善法师“茶禅一味”应该如何诠释。法师答道：“通常禅茶一味有二层意思：一是茶与禅有许多共性，禅是茶的灵魂，茶是禅的妙用和载体，茶与禅的相通之处在于追求精神境界的提纯和升华。尘心洗尽兴难尽，世事之浊我可清。一杯茶品人生沉浮，平常心造万物世界。在人生的旅途上，重要的不是目的，而是一路看过的风景和看风景的心情，享受当下。

“中国茶有一千多种，其实都是一片叶子而来，茶的汤色，滋味香气有无数种，都是茶自身带来的，所以好茶都有鲜明的个性，而高明的茶师能根据其特点，利用工艺的差别，将其特点充分发挥出来，这才是好茶。参禅悟道追求的是最高智慧，要将终极智慧开发出来。‘茶禅一味’，壶里乾坤，一花一世界，一叶一如来。禅茶悟道必须智商高，悟性好，所以高智商的人都喜欢禅。禅如茶一样，能帮助我们认识自己，消除我执，对抗孤独，缓解焦虑，变得聪明智慧。茶有茶艺、茶道，也有这一些功能。所以禅茶共性的彰显便一目了然。诗人以禅诗为最高境界，画家以禅画为最高境界，而茶人则以禅茶为最高境界。

“‘茶禅一味’的第二层意思是知行合一。中国的禅宗是功夫与见地并重，注重身心行为的实证。真正的禅者都是顶天立地的大丈夫。茶是什么味道要自己喝了才知道，别人不能代替，如人饮水，冷暖自知。修行不是与世无争，消极避世，而是通过修行，追求真理，发现智慧，让人内心更强大，有能力去感化更多的人，影响更多的人，让世界更美好。

“苏东坡、王阳明深受禅文化影响，酷爱茶，日本的千利体更是开创了日本的茶道文化。这些人都有一个共同点，即一方面追求内心的修炼，追求内心的安静，另一方面化苦为乐，勇于担当，干出了一番大事业，都是顶天立地的大丈夫。历代僧人的经验发现：茶有助于人的安静。魏晋以后，佛教盛行，茶叶成为佛教坐禅的专用品。中华历代以来都是以茶香，书香，墨香为三香，是高雅、安详、和谐社会精神的体现。品茶有如参禅，寓意放下。人生如旅，奔波忙碌的人，放下手里的活，小憩片刻，享受闲适，品茗论道，暗含禅意放下。赵州和尚著名的“吃茶去”便是典型的修禅。净慧长老提出的正、清、和、雅的禅茶四德和感恩、包容、分享、结缘禅茶的四大功能，不也就是精神的最高境界吗？”

听到这里，我不禁又问演善法师：“您能不能将赵州和尚‘吃茶去’的公案给我们介绍介绍呢？”端庄清秀，温文尔雅的法师笑着说道：“唐代著名赵州从谂禅师住锡柏林禅寺时，曾有两位僧人从远方来到赵州，向赵州禅师请教什么是禅，赵州禅师问其中的一个：‘你以前来过吗？’那人答道：‘没有来过。’禅师说：‘吃茶去。’禅师又指向另一位僧人，问：‘你来过吗？’这个僧人说：‘我曾经来过。’赵州禅师说：‘吃茶去。’这时引领那两个僧人到柏林禅寺来的监理好奇地问：‘禅师，怎么来过的人您让他吃茶去，未曾来过的人您也让他吃茶去呢？’赵州禅师对着监理说：‘你也吃茶去！’这三字寓意深刻，直指人心，让问禅者自己去领悟禅的奥秘。千百年来，吃茶去这一公案流传于世，因此柏林禅寺也成了‘茶禅一味’的故乡。一千多年来，禅宗无数人对这个公案有各种解释和体会。这个故事向我们揭示了一个非常深刻的佛学道理。学习佛法不是一个知性问题，而是一个实践问题。对禅的体验也是如此，就像要知道茶的味道一样，你必须亲自去喝，如人饮水，冷暖自知。禅是什么，你要从实践中去体验，去觉悟；茶是什么，你要去品尝，去喝；生命也是一样，必须在生活中去体验，直接去接触。你直接去爱一件事，事如吃茶，你就要为它付出，为它受苦，你就认识它了。”

演善法师和我们说了许多关于禅与茶的关系，从佛学到哲学，从国外到国内，从理论到实践，等等，使我们学到了许多的知识，随州相国寺溯源“茶禅一味”的确不虚此行。在告别演善法师回来的路上我始终在联想禅与茶的共同点。现在冒昧的提出：

1. 习禅常需遍访寺庙丛林，向高僧及禅师学习禅法和禅的知识，以获得般若智慧，而习茶也需遍访茶山，向茶农及茶师学习种茶、采茶、制茶及品茶的知识；

2. 净慧长老提出的生活禅也与茶生活类似，禅不能离开社会，不能离开生活，茶则更是如此，必须在不同的生活环境中去品各种茶，才能不断了解茶性及茶味；

3. 高雅：习禅是十分高雅的行为，品茶亦是如此，是真正的君子所爱的趣事；

4. 习禅崇尚静、舒适，品茶也讲究静，不喜喧哗；

5. 习禅和品茶都非常讲究仪式感，都与香道有关联；

6. 最后就是结缘，习禅与品茶都讲究结缘，以此活动传播知识，广交朋友，结善缘，结机缘，以此和谐社会，增强友谊。

著名茶痴林治先生说得好，禅茶可分为三个境界，即：生活，娱乐，修行。凡是将禅的精神，禅的智慧融入茶，在品茗过程中，体验禅的意境，感受禅的风采，立足正法，弘扬禅学，开发智慧，提升道德，觉悟人生，祥和社会，此类品茶方式，皆可称为“禅茶”。林先生认为：可以借禅茶重构国人的信仰，找回缺失了的道德修养，并提出新“三纲五常”，即以和为纲，以爱为纲，以美为纲。五常是指常常觉得今是昨非，善于否定自己，重塑自己，使自己与时俱进，不断进步；常常怀着感恩之心处世；常常怀着一颗童心生活，使生活永远充满童趣；常常用茶道“包容”，分享一期一会的精神，广结善缘；常常仰望星空，叩问心灵，通过感知宇宙的浩瀚无涯，认识到自己的渺小。

“茶禅一味”在许多茶馆、茶室都能见到，但真正能领悟到其中哲理和奥妙者却不多。此文只是一次肤浅的溯源。如有机会，我们还会再来相国寺，与演善法师一同品茗问道。

蕉城宁德问茶说建文

叶章群

2017年10月，我们一行到宁德市参加福建省泌尿外科的年会。一天晚上，宁德市中心医院的李主任说请我们一起品茶。福建的爱茶人真是多，李主任的同事个个都是品茶高手，都对武夷山的岩茶情有独钟，除能品出岩茶的各种香味和岩韵以外，还能说出各个山场茶的制作工艺和特点。每次品茶我们都会学到许多有关岩茶的知识。

这一次的品茶，我不光是了解了一款难以喝到的珍贵奇种岩茶一向天梅，而且还了解到了有关明朝建文帝的一些佚事。我曾阅读过《明朝那些事》和《天下说建文》，对朱允炆死于何处的千古之谜特别感兴趣。这次宁德之行，使我无意收获良多，既学习了茶文化，又探究了一些明朝的历史知识。

晚饭后我们来到一间古香古色的茶室，李主任说他的朋友是一位茶老板，专门带了一款稀有名丛向天梅来让大家品尝，并说这款茶价值不菲，老板自己舍不得喝，仅是用来招待最尊贵且又懂茶之人喝的。我们一行人都满怀期待，渴望能喝到第一次听说的这款稀有岩茶。

探访宁德蕉城

李主任招呼我们一行落座，不一会见一位中等个子，戴一副金丝眼镜的男子，笑容满面地走进茶室。李主任向我们一一作了介绍。只见茶老板从提包内拿出一个小铁盒，介绍说今天咱们喝的是一款奇种名茶：向天梅。

向田梅茶汤和茶底

该茶出生高贵，为名门望族，原产于武夷山北斗峰，植株高大，树枝半张开，叶片为长椭圆深绿，有绒毛，叶质厚致，叶主脉粗显，条索紧细秀美。茶老板打开盒盖，先让我们闻闻茶的香气，看看茶的色泽。然后将茶倒入盖碗，再倒入公道杯，一阵清幽隽永的高雅香气马上弥漫在空气中。前三泡掀盖即香，栀子花香飘然而出，茶汤入口，芬芳馥郁之气直冲鼻腔，有冲顶之感，品之似汤中有骨，滋味醇厚、干爽顺滑，口腔喉韵清冽，舌齿清甘，令人清快舒适，心旷神怡。三泡之后水中香气依旧高扬，栀子花香，茉莉花香，梅果甜香交替呈现，灵动鲜爽。十泡后仍有茶气，水甜含香，舌头唇齿口腔始终沉醉在甜美之中，真乃“香飘千里外，味酽一杯中”。饮罢一款向天梅，满桌茶客皆似醉。此茶只应天上有，人间哪能饮几回？

大家异口同声地赞扬茶老板带来了绝顶好茶，都说今晚是太有茶缘了，居然在宁德喝到了这么珍贵的奇种茶——向天梅。

我从茶老板那里讨回了向天梅的茶盒子，说拿回家权作纪念。只见茶老板和李主任脸上都露出了笑容，因为受到了大家的感谢和赞扬，他们自然有成就感了。

品完茶后，我随意问李主任宁德有何景点可走走，因我是明天晚上的飞机离开，上午还可在宁德看看。李主任说，可以到建文帝的墓去看看，我听后便决定明早就去。

第二天早饭后，李主任安排了两辆车带我们去一个少数民族村寨。李主任的朋友李提发村主任向我们介绍说，这里是中国最大的畲族村落，有三十多户人家，占畲族人口的1/4。从宁德市酒店出发，车行了约40分钟。沿途风景秀丽，只见远方有一大山，绿茵葱葱，植被非常茂密。在穿过许多崎岖小道后进入一个村庄，便见一个巨大的牌坊，上书“中华畲家寨”。

探访中华畲家寨

当时天下着蒙蒙细雨。下车后，村主任带我们走在山间的小路上，只见路两旁长满长寿花。村主任一边走一边向我们介绍：寨子里有两个湖，下方的称金湖，上方的称贝湖，贝湖内有许多鱼，该村落则称金贝村。建文帝的墓在山腰上，贝湖的上方，称为上金贝古墓。

建文帝陵墓

建文帝下落之谜堪称明朝第一谜案，六百多年来，一直都未能澄清。建文帝在位仅四年，即被他的四叔朱棣发起的靖难之役推翻。坊间对建文帝之死有三种说法：一是不知所终，二是焚死，三是由地道逃走。最后的结论还是扑朔迷离。村主任带我们爬山，走了约莫10分钟，见到一座建文帝的雕塑，再往上走，即可见一座石墓。他停下来告诉我们：“2008年1月3日上午，一队工程人员在上金贝村登山道施工时，意外发现了一座砖塔混搭的古墓，造型奇特，处处透射出古怪，有说不尽的诡异。施工人员当即向当地文物部门作了汇报。”

省市考古人员赶到现场深入考查，也被这座奇怪的古墓吓了一跳。古墓有拜亭，舍利塔，地宫。舍利塔上的一处碑上还刻有“御赐金襕佛曰圆明大师第三代沧海珠禅师之塔”字样。应该说墓主就是一位高僧。但使他们感到震惊的是：古墓陵墙上两龙头龙纹的造型，龙嘴上唇翘且长，下唇、龙头硕大，额部隆起，大目圆睁，龙口前有火焰珠，是典型的明初闭嘴龙造型。古墓舍利塔与明孝陵的舍利塔极为相似。因此大多数专家都认为古墓里埋的高僧就是明朝皇帝朱允炆，即靖难之役后失踪的建文帝。再看看“御赐金襕佛曰圆明大师第三代沧海珠禅师之塔”，圆明或是明朝和功德圆满之意，也指早年出家的朱元璋。第三代是孙辈，与朱允炆身份暗合。

村主任继续告诉我们说：“2008年上金贝古墓刚被发现时，专家们的断言还为时过早。后来又经过六年多的考证，最终在宁德镇举行了建文帝文化研讨会，对建文帝出逃之踪迹进行探讨，提出了13点证据，终于下结论该古墓为建文帝之墓。”

村主任最后和我们说到一个重要的信息是：当年追随建文帝出走而不知所踪，被浙江郑义门苦苦寻找600年的重臣郑洽，被发现为宁德市蕉城区郑岐村的开基始祖，而且在2010年该村郑氏宗族曾到浙江浦江认祖归宗，直接证实了郑洽随建文帝出逃宁德的史实。我们听了村主任的一席话，对建文帝的下落还是将信将疑。待我回到家里后，重翻《天下说建文》一书中“明建文帝朱允炆出之宁德——长眠金贝考略”，再看李提发村主任微信发给我们的13点论据，终于深信，建文帝确实长眠于宁德金贝古墓。

在回村的路上，村主任指给我们看金贝村附近的山上也种了许多茶，他说宁德地区还有著名的福鼎白茶、坦洋功夫红茶。

2015年8月31日，在意大利米兰茶博会，坦洋功夫红茶获得中国名茶金奖。他还介绍福鼎畲家纯手工白茶，有祛痘、减肥、降脂、降压的功效，当地传说这种白茶是一年茶，三年药，七年宝，越存越好喝。他指着一家小食店示意我们坐下吃点当地小吃，再喝喝畲家手工白茶。老板娘给我们每人冲泡一杯白茶。只见新茶汤色清澈，入口清鲜纯爽，口感醇厚，香气高扬，回味绵长。

品尝畲家白茶和当地特色小吃

我们边品茶边向村主任了解当地的风土人情。村主任非常热情，让服务员将当地的特产肉粽子和黑米饭摆上桌让我们品尝。我们都对那些黑米饭感兴趣，发现每一笼装有10个编织精致的小竹笼，笼内装满蒸熟的黑米饭，上面都有红枣、花生米和梨片，吃起来非常爽口，黑米甜甜的，有嚼劲。我一连吃了4小笼，然后牛饮了一杯白茶，顿感心情愉悦。李主任又拿来当地的黄金柚让我们尝，果然味道独特，又嫩又甜，水多无渣。村主任非常客气，一定要留我们吃午饭。我们笑着说：茶也品了，特产也尝了，已经“酒”足饭饱了。

告别了美丽的上金贝畲家寨，我的心久久不能平静，真是没有想到一次无意的学术活动后竟让我品到了一款罕见的奇种岩茶，更让我解开了明朝第一谜案——建文帝的下落。我衷心地感谢李惠长主任为我提供了这么好的机会，并与他相约下次再来宁德访茶，顺便再了解了解建文帝的佚事。

笔者与李主任于畲家寨合影留念

武夷山探访茶人陈克春

叶章群

近年来，三次到武夷山访茶问友，都是住在风景优美，装饰典雅的茶人宾馆——天心明月。由于在这家宾馆留宿会使人感到舒适，享受，有一种回归大自然的感觉，所以每来武夷山，都想在“天心明月”住几晚。

雅致的天心明月宾馆

前两次留宿，宾馆的老板、著名茶人陈克春总经理都因为在国外出差，没和我们谋面。今年五月中旬，我们一行深夜来到天心明月宾馆，一走进大堂便见到我熟悉的诗词：云遏千山静，月明到处通，一时收拾起，何处得行踪。让我更添一分安心。

我们美美地睡了一觉，第二天早餐后，茶人陈克春便来接我们到他家茶舍饮茶。我们曾多次听陈国毅主任介绍过，陈总是一位朴实、待人热情、真诚、对岩茶有执着追求的著名茶人，也是一位著名的制茶大师。

笔者与陈克春合影

由于对他的仰慕，我们也十分盼望能见到他，向他学习茶的知识，同时也想向他了解武夷岩茶的发展和兴衰史。

我们走进陈总的茶室，见茶室装点得十分雅致，朴实无华，给人的感觉就是整洁干净，明亮舒适。茶室内有大、中、小几套茶台。在一幅大茶台的背面悬一匾额，上书“茶道”。

陈克春茶室匾额

陈总示意我们坐下慢慢饮茶。我们表示想向他了解一下“天心明月”茶厂的发展历程。陈总待人热情，和蔼可亲，听说我们是陈国毅主任的朋友，便一边泡茶一边叙说。他口若悬河，滔滔不绝地给我们讲述茶厂的情况和他的家世。

他出生在武夷山慧苑坑，家里世代制茶，祖父陈家瑞民国时期就在武夷山种茶、制茶。其仙逝后，为表示他对武夷茶的热爱，其儿子还按照他的嘱咐，将他的骨灰葬在慧苑坑的天柱峰下，墓前即是大竹湾幽美的景色和其生前留下的盆栽式的茶园。

新中国成立后，实行土地集体所有制，陈克春的祖父当时担任生产小队的队长，而陈克春的父亲陈玉庭也跟着父亲开始了茶的人生。由于从小耳濡目染，陈玉庭也深深喜欢上了茶。当时生产小队制作的茶叶都上交集体，大部分人都只是把做茶当作一个维持生计的工作而已。而陈玉庭在父亲的熏陶下，已经开始有意识地分辨观察不同的茶叶品种。从那时起，陈玉庭就开始有目的地保护正岩区的一些茶叶品种，对有些快衰败的茶树，特意精心呵护、灌溉，培植，譬如目前慧苑坑内唯一的“红梅”，就是当时陈玉庭仔细分拣、扦插种植起来的。

改革开放后，政府实行了土地联产承包责任制，正岩茶山也开始包产到户。而爱茶的陈玉庭，开始在分产到户的茶园边，继续开荒，广种茶树，并且根据自己的经验，在正岩区植被丰富、雾水充足、土壤通透的地方种下了茶苗。在陈玉庭的影响下，他的儿子陈克春从小就爱茶嗜茶，沉浸在武夷岩茶的世界里。

对于陈克春来说，茶叶是他从小印象最深刻的东西，打开家门看到，除了几块菜地以外，周边都是茶树。沿着景区的路进去，两边山崖壁上，都是祖上垒基而成的盆栽式的茶园。由于当时已经分产到户，每家每户开始自己种茶做茶了。陈克春的祖父是当时慧苑生产队的队长，所以陈克春自懂事起，就开始拨弄着制茶的水筛、挑茶的簸箕、翻焙的焙笼。据陈克春的回忆，当时按人口数包产到户，自己家的茶山有将近40多亩，再加上自己祖父和父亲的开荒和维护，家里的茶山已达80多亩，在整个岩茶村来说，已经是比较大的个体户了。

岩茶村茶树

笔者在茶农家留影

而让陈克春真正爱上岩茶的原因，还是他从小就喝的自家茶的味道。陈克春描述，自他懂事以来，喝的第一口茶印象最深，使他终生难忘。当时他已经上了小学，由于家是在茶山里，放学后要翻山越岭地走1小时才能到家。由于正值初秋季节，还是秋老虎肆虐的时候，一路走回来口干舌燥。一到家里，母亲早上泡好的大壶的茶放在厨房饭桌上，他抱起壶子，一饮而尽，顿时觉得满口生津，一路的燥热和疲惫一扫而光。他说他记得当时茶水的味道，比蜜还甘甜、比西瓜还解渴，而且瞬间大脑还闪现出武夷山山山水水的美景，如雨后的岩壁上的水雾以及早晨兰草上的露珠。从此以后，只要家里的大人泡茶、喝茶，他必然要讨来一碗，仔细品尝，快乐似神仙。

自陈克春成家后，父亲开始把家里的这份产业正式交接给了他。当时由于武夷山的景区也开始对外开放，政府为了保护景区，之前住在景区内的村民全部迁到景区河对面的洲地上去建房办厂。其中有很大一部分的村民开始转入了以旅游业主导的谋生手段，有的开饭店，有的开宾馆，有的开旅游车。很多人为了凑得启动资金，开始把自己的茶山卖给别人。而这时的陈克春有着与别人不同的战略眼光，他觉得武夷岩茶在上千年的历史中，都受到大家的追捧，上至皇家，下至寻常百姓，都喜爱武夷山岩茶，肯定有它独特的魅力所在。再加上自己从小对它那份特殊的感情和挥之不去的家的情怀，他开始大量收购别人要转卖的茶山。大约在20世纪90年代初期，陈克春的正岩茶山已经有140亩以上，也成为了名副其实的正岩第一大户。

谈起武夷岩茶的历史，陈克春是如数家珍。在历史上，武夷岩茶根据不同的形式来命名，唐、宋、元大都按照制成的成品在命名，少数按茶树的名字在命名，或以茶分类等级来命名，如小种、奇种。此后还有文人按拟人的笔法为其立传而命名的，如叶嘉、晚甘侯等。尤其在清末明初的时候，由于岩茶畅销于市，身价不菲，不少茶商和茶厂为了提高茶叶价值，从菜茶演变的品种中选取名丛，起了众多优雅的名字，仅仅慧苑坑一带，就有800多种名称，而茶树有200多种不同品种。由于抗日战争爆发后，茶市场受到冲击，加上后期大家对此的认识、保护不够，很多历史上记载的品种，已经找不到了，或者在武夷山景区内灭绝了。陈克春对于当下的这种情况，也深感心焦和痛惜。所以自他当家以来，就开始有目的地抢救和保护慧苑坑里著名的茶树品种。如文前提到的他父亲陈玉庭保护下的“红梅”，他就予以较大面积的扦插和种植。除了目前市面上最普遍的水仙、肉桂以外，他还将武夷山著名的四大名丛（水金龟、铁罗汉、白鸡冠、半天妖）补种在景区最优越的位置内，此外还由外面购茶苗补种了不少名丛，如雀舌、玉麒麟、黄旦、千里香、黄观音、瑞香等。所以他在保护武夷岩茶的品种上也做出了很大的贡献。目前陈克春茶山有正岩茶树品种约 20 种，在武夷山诸多茶企业里也是首屈一指的。

让陈克春欣慰的是，他的儿子大学毕业后，也开始跟着他制茶和种茶了。已经做了爷爷的陈克春，逐步将手中的任务安排给儿子陈守彪。由于其儿媳妇郑霞在家中是独生女，而且也是自幼生长在慧苑坑里的邻居，故其亲家 40 亩的茶山也被整合到一起做大、做强。所以目前陈克春企业旗下的正岩茶山达到了 180 多亩，已经远远超过其他的武夷山茶企。

由于对武夷山茶的热爱，陈克春从 80 年代起，就开始有目的地将每年做好的茶叶留少许封存起来。他幽默地说，这样想是担心他老了，做不动茶了的时候没有茶喝。其实这体现出的是他骨子里对岩茶的热爱。据他回忆，80 年代以前，茶产品都是公社统一收购销售，所以当时每家每户都是留一些自己喝的茶，剩下的都卖给公家了。在自己茶企业做大后，陈克春开始有目的地去中国香港、中国台湾、新加坡等地区收购当年销售的成茶。他有个心愿，就是在厂里办一个茶博物馆、展示出不同年代的茶和不同品种的茶，让大家更深入地了解和爱上武夷岩茶。

在他家茶室饮了几泡茶后，陈总亲自开车带我们去参观他的茶山，著名的慧苑坑。慧苑坑在武夷山风景区北麓的三坑两涧范围内，是武夷山九曲溪以北三道重要东西向坑涧中最北的一道，也是武夷山植茶历史最久之处，其范围内分布有许多著名山场，如出产优质老枞水仙的竹窠、古井、枫树窠，还有被称为武夷山基因库的鬼洞。历史上慧苑坑名丛多达八百多种。因此被称为“名茶大观园”。

由于当日天气闷热，大家有点口渴，陈国毅主任建议我们去景点最优雅的茶馆喝喝茶，歇息一下。他说这个茶馆的美女泡茶师是他的朋友，茶艺、茶道一流。我们今天有幸来此一游，也可向她请教一下茶艺、茶道的知识。

陈总带了两泡天心明月厂产的茶给我们喝，一泡为大红袍，一泡为铁罗汉。美女茶师边泡边为我们讲解大红袍茶和铁罗汉茶的故事。随行的何老师品后感受极深，说从来未喝到这么好的岩茶，又香又润喉，回甘生津，特别解渴，使人神情顿爽。同时我们还问了陈总岩茶的制作和泡饮方面的知识。陈总都一一作答。

茶师展示茶艺

由于我是第三次到天心明月茶人宾馆住宿，今天又饮了天心明月厂的岩茶，就特别想了解天心明月的寓意是什么。所以在饮完茶后就请教陈总。他笑着说：“你们知道历史上有个扣冰古佛吗？”扣冰古佛藻光大师是母亲夜梦一位荷锡杖的和尚来借宿而怀孕出生的。藻光自出生以来见佛像就笑，听杀鸡鸭就哭，13 岁自求出家，到武夷山的山心岩结茅棚开始“古圣修行，须凭苦节，夏则衣楮，冬则扣冰而浴”，过着头陀苦修生活。公元 879 年中秋夜，在山心岩上坐禅的藻光大师对着明月豁然体悟：“云遏千山静，月明到处通。一时收拾起，何处得行踪！”并感慨：“欲会千江明月，只在天心一轮光处，何用捕形捉影于千岩万壑，以踏破芒履为耶？”这禅境就是“天心明月”禅语来源。

天心明月自产大红袍和铁罗汉

藻光大师踏着月光静静走回茅棚，茅棚传出一个人的自语：“这和尚比我还穷。”原来是失望的小偷。小偷出门看到手托衣裳的藻光，大师和善地对他说：“夜很冷，穿上衣裳回去吧！”说罢便把自己衣裳递给他，大师望着小偷的背影说道：“我能送他一轮明月该多好啊！”第二天清晨，藻光大师开门见到叠得整齐的衣裳放在寺前，喜悦地说：“他终于带走一轮明月。”后来小偷成为藻光大师的出家弟子，法号了缘禅师。我们一边喝着武夷山的顶级岩茶，一边听陈总讲完了天心明月的故事，还从茶人陈总那里学习到了许多采茶制茶的知识。陈总一家三代茶人兢兢业业的创业精神，给我们留下了深刻的印象。大家对武夷山的美景，好茶更是赞不绝口，相约来年还来武夷山访茶问友，还要住在天心明月茶人宾馆。陈国毅主任笑着说：“我还会带你们去扣冰古佛住过的地方！”

恰逢同年 11 月福建有一个学术会议，陈国毅主任邀请我们一行人再访武夷山，兑现了他上半年的承诺，带我们参观了扣冰古佛住过的地方。次日又带我们游览武夷山著名景点玉女峰、九曲溪。清澈碧绿的九曲溪绕山而行，从西向东，蜿蜒自如，水贯山行，溪水晶莹，可谓曲曲含异趣，湾湾藏佳景。我们沿着崎岖的山路穿行，沿途风景优美，四周山岩林立，流水淙淙，鸟语花香，意趣无穷，大家纷纷合影留念。虽然已是四访武夷山，但我们仍然感觉游览不尽这如画的风光水色，看不完这有历史意义的人文景观，大家相约来年还要来武夷山品茗、访友、赏景。

武夷山九曲溪合影留念

神秘的“空谷幽兰”

叶章群

在武夷山岩茶圈子内，刘国英老师可是大名鼎鼎、妇孺皆知。坊间流传着岩茶界有三刘一王，即刘国英，刘锋，刘宝顺，王顺明。今年五月中旬，我们乘坐由武汉开往武夷山的高铁，前往美丽的武夷山拜访茶界大师刘国英，除请教一些茶学知识之外，还想顺便了解一下神秘而令人垂涎的极品岩茶“空谷幽兰”。

在高铁上坐了约莫5个小时，到达武夷山站已是晚上八点。我们匆匆吃完晚饭，于晚九点相约来到刘老师的茶厂。一进厂门，迎接我们的是刘老师岩上茶厂的美女经理。她满面笑容，介绍了厂里面的基本情况，然后带我们上二楼茶室饮茶。我们一行落坐，彼此寒暄一阵便开始喝茶。美女拿出三款岩上茶研所研制的岩茶出来放在茶桌上。第一款为瓜子尖，第二款为水仙，第三款为肉桂。

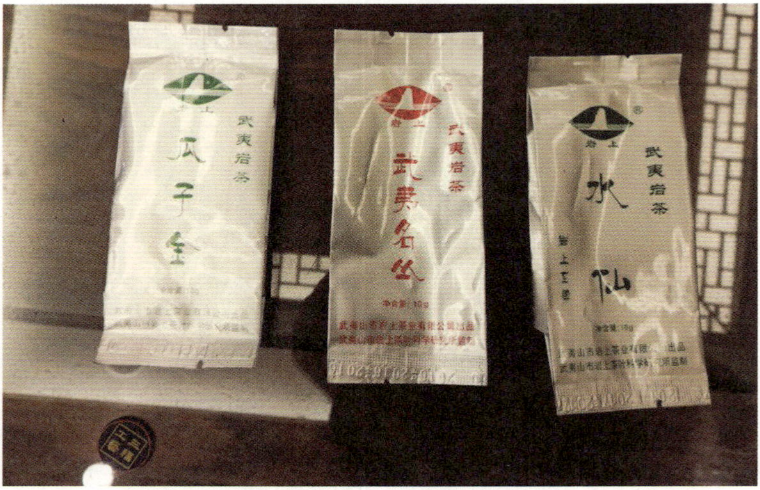

三款上品岩茶

我们刚坐下约莫 5 分钟，只见一位中等个子，五十多岁的男士笑容可掬地走进来。只见他穿着整齐，戴一副眼镜，文质彬彬的模样，令人肃然起敬。随行的陈国毅主任向我们介绍说这位就是刘国英老师。我们说久仰大师盛名，今天是来向大师请教的，大师示意我们坐下边喝边聊。

随行的潘先生呷了一口瓜子尖茶，然后闻了闻杯底，连说好茶！好茶！他向刘大师请教道："我想请刘老师说一下岩茶的香气是如何产生的，影响香气的主要因素有哪些？"刘老师答道："香气与茶叶的品种有关，有些品种的茶自身含有许多芳香类的物质，有些则较少，所以在制茶时就需要选择。如制作乌龙茶就需要选择那些香气比较重的品种，而绿茶的品种香气不足就不适合制成乌龙茶。另外茶的生长环境对茶的香气的产生也很重要。如武夷山为丹霞地貌，加上当地的海拔和气候生态，以及品种的多样性，所以当地产的茶产生的香气种类多，香气足，制出的茶内含物质多，喝起来就醇厚，香气特别浓郁，耐泡。再就是制作工艺，岩茶的制作工艺是最为复杂的，好的工艺能使茶叶的香气充分展现出来，而且持久地留存下来，如工艺不好则不能充分释放出香气。当然气候对香气也是有影响的，如雨季采的茶就不如旱季采的茶的茶香气好。品种、生长环境、工艺、气候是影响茶叶香气的重要因素。除此之外还有很多影响香气的因素，如保管方式、时间、使用的肥料、冲泡技巧等，都对香气有影响。”

刘国英老师向大家介绍三种茶的特点

我们品着瓜子金茶，发现这款茶汤色不似其他的肉桂和水仙那么黄，那么深，那么浓，是浅黄色，饮后口腔感到顺滑，香气馥郁悠长，杯底呈果香。泡至9～10泡仍有茶气和香味。泡茶的美女经理告诉我们，瓜子金是武夷山的一个小品种，属于灌木型。她说武夷山除大红袍、铁罗汉、水金龟、白鸡冠，半天妖等品种之外，还有许多小品种，每一种都有特殊的味道。所以武夷山岩茶的魅力所在就是任何人都能找到适合他自己品饮的品种。

我反复闻着瓜子金茶的杯底香，发现香味久久不褪。在准备换第二款茶的时候，我开始问刘老师第二个问题。我说：“刘老师，我常听武夷山人说某某茶的岩韵，这岩韵到底是一种什么味呀？”刘老师答道：“岩韵就是武夷山岩茶特有的韵味，包括茶的香气，口感，醇厚度，顺滑度，回甘生津程度等。品茶人常说的岩骨花香就是岩韵的一种。普洱茶也有普洱茶的韵，如老的普洱茶不是有老普洱茶的陈韵吗？”我接着又提了第三个问题：“刘老师，我常和武夷山人喝茶，他们总喜欢说某款茶有枞味，这枞味指的是什么味？”他答道：“这枞味是特指水仙茶的香味，因为水仙是岩茶里少有的小乔木型的茶树，常根据树龄分为高枞、老枞等，这些品种根据树龄的长短，会表现出特有的滋味来。”我紧接着问：“那到底是一种什么味道呢？我们如何去识别这种味道呢？”刘老师反过来又问我：“那我问您：苹果是什么味呢？”我顿时哑然了。他告诉我们：“要想认识某种茶的味道特征，反复品茶，不断实践最为重要。当您品到某款茶的特殊滋味后，您便会产生一种感受，一种记忆，下次再品时便会熟悉这种滋味。如您饮一款百年老枞水仙和一款十年的水仙后，便会品到两种不同的滋味，老枞水仙的枞味会更高些，草木香味会更浓些，所以枞味只是水仙这一品种特有的，至于肉桂和其他灌木的品种是没有枞味的。”

这时美女经理又开始冲泡第二款茶“千里香”了。这款茶也是小品种茶，香气较瓜子金更加高扬，也是中低火烘焙，茶汤稍浓郁，饮后唇齿生津，回甘悠长。刘老师继续给大家讲授武夷山岩茶的知识，如武夷山岩茶的品种上千，但真正种植的只有几十种。岩茶的命名多采用品种命名，如水仙，肉桂，雀舌，半天妖，铁罗汉，白鸡冠等，有些采用商业命名如海西一号，也有些采用品种加地域山场命名，如马头岩肉桂、牛栏坑肉桂等。

第二款茶毕，我又有问题想请教刘老师了。我说：“刘老师，我们一行常去云南各大茶山，也品过许多不同茶山的茶，有关普洱茶的地区、山头、年份，春茶、夏茶、大树茶、台地茶的不同味道，我们大致都能鉴别出来，而对于岩茶，几千家厂家生产出的各种产品，味道迥异，我和陈国毅主任品尝了许多年，到现在仍是一团雾水。岩茶到底有无评判标准呀？”刘老师答道：“鉴于岩茶品种繁多，制作工艺极为复杂，品鉴中达成一致标准的确困难。但我们行业内是有严格的评判标准的。关于是否为好茶，分为消费者标准和行业标准（豌豆换米，各人所喜，穿衣戴帽，个人所好）。每位消费者都有自己的喜好或者标准。我们的业内标准能指导第三方对茶叶的评定。评定标准通常包括茶的工艺特征，如晒青、晾青、萎凋，高火、中火、低火烘焙，香气的保存等。另外品种的特征也很重要，如肉桂就应有肉桂的特殊香气，水仙就应有水仙的醇味，某些小品种都要有小品种的特殊香味。当然最难鉴定的是地域、山场的特征。这些特征可互相影响，如有许多好山场的茶菁，工艺做得再好，使用了高火，可能会掩盖了它本来山场的滋味，而用的是中、低火则会使其优良的山场味显现出来。总之，岩茶的工艺是最复杂的，学问也是最深奥的”。

最后一款茶是陈老师岩上制茶厂生产的老枞水仙。我们品后都感觉此茶滋味柔顺，淡雅，汤顺滑，香气馥郁，开始有点草木香，后为花果香。茶汤浓郁，厚重，回甘悠长，唇齿、喉部生津。美女经理说此泡老枞水仙枞味明显。在座的潘先生深有感触地说：“以往我喝的岩茶都有那烤焦了的香味，喝后口干舌燥，而今天喝了三款茶，使我打消了抵制岩茶的想法，每款都好喝，喝后喉部都生津，很舒服，想再喝。看来好师傅制出的岩茶人人都会喜欢，我过去之所以不喜欢岩茶，是因为我未曾喝到过这么好的岩茶。今天喝了刘国英老师亲自做的三款茶，实在是一种享受，也是一种缘分。我以后肯定会喜欢岩茶，也会经常喝岩茶的。”

这时，陈国毅主任告诉我们，刘国英老师的顶级好茶“空谷幽兰”特征更独特，保证你们喝了后更加难以忘怀。

听陈主任的话，我们更渴望能喝到一泡空谷幽兰茶了。美女经理看出了我们的心思，起身进房去拿出一个黄色小盒子，从盒子内拿出一包银纸绿字包装的空谷幽兰茶。茶袋反面印有“首批国家级非物质文化遗产，武夷岩茶‘大红袍’制作技艺传承人刘国英制作”的图样。

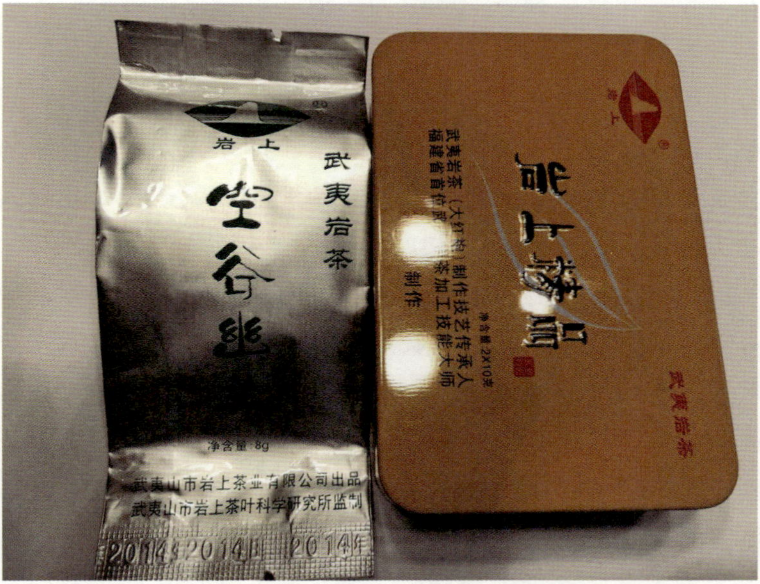

首批国家级非物质文化遗产之一——空谷幽兰茶

我们随行的何老师最喜欢养花，她对花香特别敏感。她说空谷幽兰是指山中优美的兰花，十分难得。其香气如幽灵般，时隐时现，飘荡在山谷中，撩人带神秘感。“空谷幽兰，无人自芳”也常喻人孤傲，高雅。空谷幽兰十分难得，有诗为证：“深谷不见兰生处，追逐微风偶得之。”

时间不早了，已近晚上 12 点，我们一点也不感到疲倦，仍然精神饱满，心情愉悦。刘国英老师还给我们讲了大红袍的故事，不厌其烦地回答我们的问题。此时美女经理已开始冲泡神秘的空谷幽兰茶了。只见公道杯内茶汤呈黄色，晶莹透亮，一阵幽兰甘香开始弥漫，香气若隐若无，像和煦微风轻抚。入口茶汤极为柔和，轻盈如棉絮，顺滑如绸缎。在口中停留却似乎感觉不到茶汤的重量。细品之下，轻柔的外表却独有几分甘醇，醇正而有质感的滋味让人迷恋。闻杯底岩火之气迅速褪去，只余幽兰之香。这种香气神圣、高贵、素雅，令人销魂。大家都惊叹岩茶竟能释放出如此好闻的花香，惊叹这款茶汤如此耐人寻味，似琼浆玉液，能让，人饮后甘甜生津，欲罢不能，渴望再饮。

我们询问了空谷幽兰的品种特征和制作的知识，刘老师都耐心地作答。我想，刘老师真不愧是科班出身的首批国家非遗传承人，竟然能将一款肉桂品种制成如此高端的岩茶，让人饮后没齿难忘。这一款茶的制作成功，标志着刘老师的制茶技艺达到了炉火纯青的地步。这茶中的神圣香气无疑是由刘老师的心血聚成。与君一席话，胜读十年书。读万卷书，不如行万里路。此次武夷山访茶之旅不虚此行。第一站，便使我们受益颇多，增长了许多岩茶的知识，喝到了许多好茶。当然使我们感受最深的是茶人对茶品质不断追求的敬业精神和岩茶的神秘莫测，我们当更加敬畏武夷山的岩茶。

夜已深，近凌晨，我们匆匆吃了一点茶点，告别刘国英老师和美女经理，住进了久违的“天星明月”客栈。虽饮了四种刘国英老师亲制的岩茶，但因一天的舟车劳顿，洗完澡后还是美美地睡了一大觉。

夜访桐木关

叶章群

记得第一次喝正山小种红茶已是8年前的事了。当时我们几位朋友到福建马祖圣地雷州岛参观。时至下午，天气有点炎热，我们在宾馆附近的一块草地边，架起桌子，围坐在一起用玻璃壶和杯泡茶、饮茶。随行的钟先生是福建厦门人，酷爱饮茶。他拿出随身携带的正山小种红茶漫不经心地泡给我们喝。第一次喝到这种袋装红茶，顿时感到特别生津止渴，回甘无尽，特别是杯底留有荔枝香味。我当时好奇地问这是什么红茶？怎么这么好喝？钟先生向我们娓娓道来：这是红茶的鼻祖，我们福建的红茶，我们今天喝的是桐木关的来自正山的小种红茶。我们几位茶客越喝越想喝，记不清一共喝了几袋。在炎热的夏天，坐在草坪上，宾馆的大楼建筑和参天大树遮着荫，微风阵阵轻拂，喝着这么好的香茶，惬意极了！第一次喝到了红茶的鼻祖正山小种，给我们留下了难忘的印象。

2018年5月，我们几位茶友相约去武夷山访茶问友。我特别想去参观一下正山小种茶的发源地，故向陪同我们的资深茶人陈国毅主任提出想去桐木关走走。陈主任告诉我们到桐木关可能需要两小时左右，只能喝晚茶了。我征求了大家的意见，大家一致同意夜访桐木关。

我们一行乘坐两辆越野车，从武夷景区出发向武夷山自然保护区方向前行。一路走过许多崎岖山路，走过许多峡谷，走过许多深山老林。山上满覆藤萝树木，峰叠奇秀，山水回环，风景如画，偶可见大小瀑布从高处淌下，流水淙淙，小溪内竹石掩映，树木扶疏，似人间仙境。再看山中，茶树东一丛西一簇生长在静谧的坡地上，和树林杂草浑然一体。同车的何老师一声尖叫，我蓦然回首，顺着她的手指看见车窗外几个猴子在山腰嬉戏。陈国毅主任说自然保护区有许多猴子，有时还有野猪呢！

车行约莫一个半小时后到达桐木关正山茶业公司，已是晚上九点钟了。厂房前立了一个巨大的石牌，上书“正山小种发源地”几个红色大字。

右边有正山小种简介，上面介绍说正山小种是世界红茶的鼻祖，迄今已有400多年的历史。祁门红茶，阿萨姆红茶，大吉岭红茶，锡兰高地红茶等世界著名红茶均源于正山小种红茶。17世纪，正山小种远销欧洲，风靡王室，饮红茶成为时尚，并引发了盛行至今的下午茶（afternoon tea）。

笔者探访正山小种发源地，桐木关

正山小种出现于1568年，1604年由荷兰商人带入欧洲，首次走出国门。1662年葡萄牙公主凯瑟琳嫁给英国国王查理二世，在她的嫁妆中就有正山小种茶。当时正山小种茶在英国皇室中属于奢侈品，后来在民间流传开来。

公司的年轻经理接待了我们一行，他说江总因身体原因，正在接受腰部按摩治疗。我们说就不打扰江总了，了解一下红茶的起源就行了。经理给我们简单地介绍了正山小种茶发展过程中几位推行者的情况，如吴觉农、张天福、江春波、江润梅、骆少君几位大师所作出的贡献。

桐木关茶场社员合影

他说："正山小种红茶是生长在桐木关自然保护区海拔800米以上的茶叶品种。过去传统工艺的正山小种茶是用松枝烘烤的，所以有烟熏味和茶叶特有的桂圆香味。传统的工艺制出的茶色泽金黄，冲泡出的茶汤浓，色红苦涩，回甘悠长。现代工业制出的正山小种，特别是金骏眉则清香甘甜，所以更受市场欢迎。"

他带我们参观展厅，介绍金骏眉产生的历史及命名和采摘生产的工艺。金骏眉诞生于2005年，是以武夷山国家级重点自然保护区内方圆565平方公里的生态高山茶树的芽头为原料，在正山小种红茶传统工艺基础上融合创新工艺研发的高山红茶。金骏眉名字的金是因其茶尖条索是金色，茶汤亦是金黄色，另因采摘不易，贵重如金。骏意表其形，彰其源，寄其望。因其原料采摘于崇山峻岭之中，茶叶形似海马状，同时希冀此茶如骏马奔腾般蓬勃发展，又因其参与研制茶的三位大师江骏生、江骏发、梁骏德的名字中均有骏，故取骏字。眉意为显其精，理其技，耐冲泡，自古《名茶录》中就有寿眉，俊芽所制好茶谓之眉，眉乃长寿之意，故取眉字。

金骏眉的采制工艺也是十分讲究的，首先是适时采青，对原料的采摘标准非常严格，只以武夷山自然保护区内限定产区的茶树芽头为原料，一年只采一次，雨天不采，芽不丰嫩不采，伤芽病芽不采。其次是增氧加温萎凋为主，日光萎凋为辅，因此保留了较多的茶黄素。再就是分段揉捻，加氧发酵，高温短时烘焙，使之成为烘焙充分，香气清纯，又能长期保存的高端好茶。

年轻的经理和我们谈到金骏眉的由来，更是口若悬河。他说：“这个故事要从2000年谈起。当时为了解决桐木关茶滞销，茶山荒芜的状况，他们的老总江元勋曾多次组织一些茶师共同探讨桐木关茶叶之出路。2002年，在茶人骆少君女士的建议下，大家开始采用桐木关村内细嫩芽头制作优质绿茶。这一建议实际上为2005年金骏眉的产生奠定了基础。2005年7月的一个午后，江元勋与北京张孟江等友人在正山茶叶公司庭前小竹林围绕‘制好茶，喝好茶，购好茶’等话题聊茶。这些话题正好和江元勋的思路不谋而合。恰在此时，有一家茶农家中几人从门前经过，去修剪茶园，江元勋当即安排他们去采摘茶芽，并指导江骏生、江骏发、梁骏德、温录胜、陈贵宝、胡吉兴等人将芽头按红茶制作工艺制作，手工揉捻，温湿调控发酵，碳焙，得干茶三两。第二天，江元勋即与张先生等共同开泡品尝。当沸水冲入，顿觉满室生香，汤色金黄，滋味甘甜爽口，润喉，回味悠长，集蜜糖香、花香和果香于一体，显高山韵味。大家品后都说是难得的好茶。随后请张天福、骆少君等大师品评，在他们的指导下，江元勋又在原料和工艺上进行了改进、反复试验、分析，比较，终于在2006年正式将金骏眉定型。2007年，江元勋又根据品鉴中反馈的意见进一步优化完善工艺后将其正式投放市场。”这就是金骏眉神奇产生的故事。我们一行听得如痴如醉，都巴不得尽快品到这神奇的金骏眉茶。

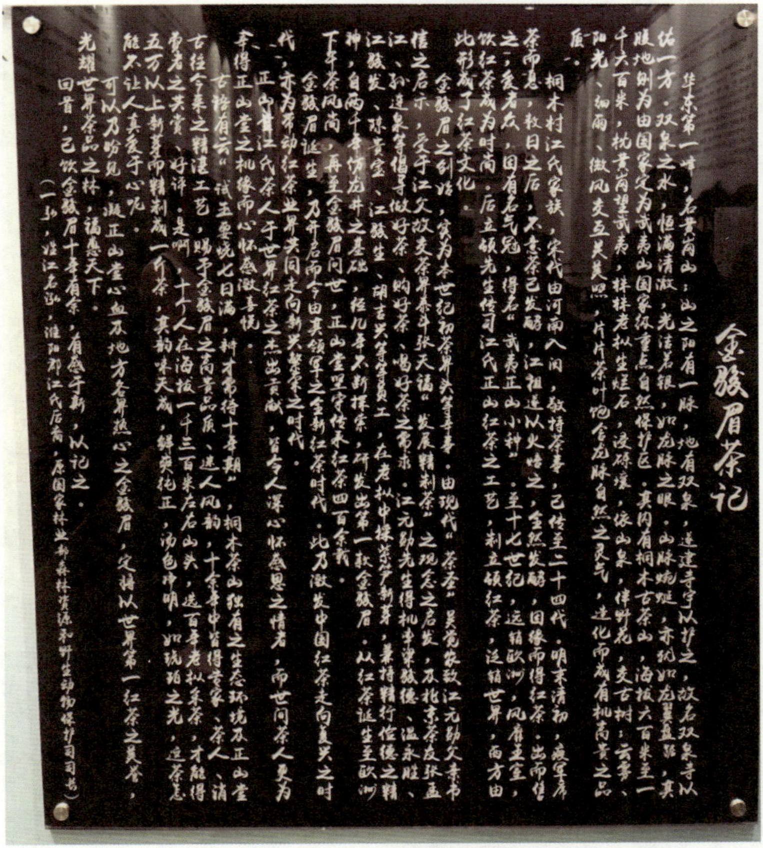

金骏眉茶记碑文

经理带我们到二楼茶室。茶室装饰典雅，茶桌上挂正山堂匾，下方悬挂几幅名人字画。

经理亲自为我们泡茶。他说今晚喝两款茶，一款是红茶的鼻祖，即传统的正山小种，另一款就是当下炙手可热的金骏眉。第一泡正山小种茶色红、浓，顺滑，茶气重，回甘生津，闻杯底有浓浓的桂圆香味，淡淡的松烟味。

典雅茶室品尝金骏眉

正山小种和金骏眉

大约泡了8泡后茶色淡而无味。在座的王先生问为何产生烟熏味，经理告诉我们，现在的正山小种大多已不是传统的正山小种，多已无烟熏味了。传统正山小种在萎凋过程中就开始使用松树取火了，一般在青笼内最上层取茶菁，松木的烟就渗进了茶叶里。所以烘焙成干茶后便有松木的香薰味。今天给您喝的就是用传统方法制成的正山小种茶。现在市面上的正山小种多是机制的，所以难有烟熏味。

王先生又问正山小种茶能放多久。经理说，正山小种倒是时间放得越长，转化得越好喝，如上个月喝到一款2001年的传统正山小种，确实是好喝，茶色暗红，似琼浆玉液，有非常浓的桂圆香味。至于金骏眉，放置时间过长反而不好喝。这可能是因为金骏眉是芽茶，生长时间不长，营养没有大叶和梗的丰富，所以转化得不好。王先生说普洱茶也是如此。如过去将普洱茶分为三等，一沱二饼三砖，即认为沱茶是最贵的，因为都是用芽尖做的，而饼茶多是4～7级茶叶做的，卖价稍次之，大叶和梗这类8级以上和级外级的茶都做成砖，卖价最便宜。后来发现砖茶越陈放越好喝，因为其内含物质转化得更好。看来无论什么茶都是有共性的。

经理随后拿出一盒正山堂特制金骏眉说让我们品尝。当沸水冲入后顿时满屋生香。茶汤呈金黄色透亮，品后大家异口同声地赞道：好喝！好喝。在座的潘先生说道："这款茶不苦不涩，甘甜生津，相信老少皆宜，男女都会喜欢。我生平第一次喝到这么好喝的红茶，此来桐木关确实不虚此行。"

特制金骏眉

经理让我们闻杯底，确实有花香、蜜香和果香。这款金骏眉红茶足足泡了12泡茶味才淡下来。经理又告诉我们桐木关的茶叶甘甜清冽，与当地的气候、土质及茶的品种有关。当地人还喜欢拿桐木关的茶煮汤圆吃，吃起来甜而不腻。

时间不早了，我们夜访桐木关虽然呆了不到2小时，但对这里的优美景色和灿烂多姿的茶文化留下了深刻的印像，都有依依不舍的感觉。我们相约下次一定会再来桐木关这神奇的地方住上几天，和这里的茶大师品茶论道，学习更多的采茶、制茶知识，了解更多的茶文化。潘先生灰谐地说道：“我还想吃吃红茶煮汤圆呢！”

伴着院里的狗叫声，大家哈哈大笑地告别了红茶的鼻祖之地——世界红茶的发源地：武夷山桐木关。

宜昌五峰访“采花”

叶章群

还记得三年前我的同事严院长从他的老家捎来一盒五峰县产的采花毛尖茶，我们一帮茶友品后都赞不绝口，都说咱们湖北的绿茶好喝，堪与龙井和信阳毛尖媲美，后又听说中国四大红茶之一的宜红也产于宜昌五峰县，于是便对这一神奇的产茶大县颇感兴趣，盼望能去五峰茶山走一回。

今年清明节一过，宜昌市中心医院的董自强主任便邀我们去五峰茶山探访。我们一行六人从武汉出发，经宜昌猇亭过桥往宜都方向，再行约莫一小时，便见董主任一行在高速公路出口处迎接我们。董主任一行站在一个便民服务台边，只见那台子上放了一些矿泉水和茶水，免费招待来访的客人。台子的后方有 2018 首届中国茶旅大会暨五峰春茶旅游节的广告。董主任告诉我们，旅游节刚办过，五峰县正在申报万里茶道茶源地的资格，政府非常支持当地的茶叶申遗工作。

我们乘车继续前往新的五峰县城，沿途看到城区非常干净整洁，有一排排新建的古色古香的楼房，据说是规模很大的茶叶市场。车停后下榻至宜都国际大酒店，酒店内装修豪华，大厅内有一巨大的木船，上方展示了五峰产的各类茶。再往里走，可见一套巨大的红木太师椅和茶几，两边的四把单人椅似乎在申请吉尼斯大全，硕大无朋，说是单人的红木椅，我和董主任等三人都坐上去仍不感觉挤。大家都散座在椅子上欣赏那精美的雕刻图案，惊叹不已！

探访万里茶道茶源地宜昌五峰

入住酒店后，我们一行沿着一条小河漫步到前方的一座木桥上，一看，四面都是郁郁葱葱的高山，风景极为美丽。植被极为茂密，气温凉爽，不愧为天然氧吧，长寿之乡。酒店建在半山中，前有一弯曲的小河，河水清澈透底，川流不息。陪同的同事告诉我们，这条小河称为渔羊河，过去非常宽大，水也比现在深，能行船筏。下榻酒店所在的新县城所在地称渔羊关镇。据说渔洋关镇当年号称“小汉口”，极为繁华。南来北往的茶叶烟叶，农产品都需经过渔羊关，在渔羊河上有小船和筏子运往清江，再经长江达汉口集散地运往世界各地，如俄罗斯，欧洲、印度等国。随行的章传华教授问这条河为何称渔羊河。他们说过去很多渔民在河内打鱼钓鱼，从鱼船上看见四周大山上都养着成千上万只羊，所以当地人称此河为渔羊河。此镇为渔羊关镇。

太阳落山，乌云密布，傍晚气温下降，凉风习习。陪同的五峰县人民医院的张主任叫我们回宾馆吃晚饭。晚饭吃的是当地的山区土菜，大家吃得津津有味。当地的朋友将一种叶子很长很大的蔬菜夹给我吃，说是此菜生长在1700米的高山，当地人称为“天蔬”。我吃了一大口，顿感此菜口感极好，又嫩又爽口，有一种奇特的香味。大家尝后都说：“好吃！好吃！”于是叫服务员再上两盘，不一会都吃光了。当地的腊蹄子和红薯饼也十分受欢迎。大家一边吃饭，一边喝酒聊天。酒过三巡，我便向同桌的朋友问起五峰的情况。他们便和我娓娓道来：“宜昌五峰土家自治县有茶园二十余万亩，有养殖业、烟业，还有大量的有机蔬菜种植地，供应全省和宜昌地区的有机农产品、山货。宾馆所在地为渔羊关镇，过去盛产鱼羊，附近的渔羊河为万里茶道的起源，境内有三百多里的茶马古道。当年的渔羊关古镇有小汉口之称，繁华至极，号称有骡马千匹，茶叶万担。码头运输业极为发达，镇内旅馆、客栈随处可见，商铺茶庄林立，白日里车水马龙，夜间灯火辉煌。五峰的茶享誉华夏。明天您几位可以到著名的柴埠溪景点走走，也可以去离渔羊关镇七十里地的老县城转转，还可以去茶马古道起源看看，顺便再去看看汉阳桥。”

第二天早上，我们吃过早餐后，严院长便领我们去看汉阳桥。

汉阳桥

我们沿着崎岖的小道向下行至一个山谷，周围风景优美，下方有一条小河，河水清澈透底。河是南北流向，石桥东西向横跨汉阳河。石桥为双拱，主拱位于河流中间，小拱向东。汉阳桥为五峰县原主要通道之一，为汉阳茶商出资修建，是五峰、恩施、鹤峰、石门等产茶区到渔羊关运茶古道上的重要桥梁之一。我们一行从桥上走过，到对面的茶马古道去感受一下旧时运茶的艰辛。随行的朋友指点我们看古道上留下的碑文及地上用大石块铺出的古道。

探访五峰古茶道

这位朋友说当年他舅舅是清朝的秀才，沿着这条古道去老五峰县城要走两天两夜，再到采花等茶区则还需一天一夜。在古道上还留有许多的摩岩石刻及茶商住房和茶铺的遗址。申遗人员到这里考查都感到十分惊讶，认为这是目前保存得最好、最长的茶马古道。

参观完茶马古道后，我们驱车到距此 20 分钟左右车程的汲明茶业公司去了解五峰茶的制作过程。老板给我们介绍了他们的各种制茶机。他说五峰的茶农将茶送到制茶厂后，首先进行摊青（晾晒），杀青（温度为 400℃），然后再将茶叶放在揉捻机上揉捻。他说绿茶的水份不能超过 6%，否则便不能存放，容易发酵和发霉。老板还让我们参观了他的茶叶分挑、包装车间，并让他们的制茶师向我们介绍了五峰宜红茶的制作过程，大家都听得津津有味，并要求品尝一下号称中国四大名红茶之一的宜红。老板带我们到他的茶室，亲自冲泡了他们厂制作的渔洋牌五峰宜红茶给我们喝。我们品尝三道茶后，大家各自谈自己的感受。一致认为该红茶汤色醇厚，回甘快，香气浓郁，顺滑，可泡七八泡，的确是上等红茶。

告别老板，我们离开汲明茶业公司，前往五峰县的湖北省茶博馆参观。一进大门就看到两尊巨大的塑像，左边为炎帝神农，右边为茶圣陆羽。正面有一个巨大的千茶图，即由一千个不同的茶字构成的图案。

品尝五峰宜红茶

参观湖北茶博馆

博物馆内展示了中国茶史大事记，包括从神农时期茶为国人发现，到唐代《茶经》问世，茶作为饮料，到宋徽宗亲述《大观茶论》创造弘扬了茶文化，到清代出现贡茶，到当代大量种植茶，培植新品种的历史。我们兴致勃勃地参观了许多从古到今的制茶机械和工具以及泡茶、煮茶、饮茶的器皿。

制茶机械

名英商宝顺合茶庄

导游向我们介绍，五峰采花毛尖厂有一百多年历史，最早由英国人创办，名英商宝顺合茶庄。

据严院长介绍，采花毛尖是由当地的四种名茶组成，即水仙春毫，千丈百毫，天马剑毫和采花毛尖这四种茶统称采花毛尖。严院长自豪地说："要说真正的贡品茶，当属他们老家水尽司所产的水仙春毫。"他的老家叫水尽司，离五峰老县城只有 15 千米的路程，海拔 800 米左右。茶主要生长在两座大山之间的谷里。那里的气候和土壤特别适合茶叶生长。那里生长的水仙茶味道独树一帜，冷后汤色变混，变黏稠，呈板栗香，耐泡，

笔者与严院长合影

回甘悠长。他笑着向我们介绍水仙茶的传说。相传在他老家有一个财主，腰缠万贯，整日只顾饮酒作乐，鱼肉百姓，横行乡里。一日清晨，财主忽然感觉浑身乏力，精神恍惚，尔后虽四方求医却不得好转。一日有一农夫卖茶，香气浓郁，财主在床上闻到香气，顿觉精神好转，遂让家人唤农夫进门。农夫道出茶的来历。原来这茶叶是农夫用一位美丽的仙女送给他的茶籽种植而得，并说该茶煮水煎饮有奇效，对心地善良的人能祛痛强身，对歹毒之人却烂其五脏。财主听后幡然悔悟，忙说愿出重金购买此茶。并发誓今后将施乐行善，永不作恶。自此财主每日将茶煎水饮用，拿钱粮救济乡民，去恶从善，终于病祛身爽。水尽司当地山民见此茶能使人心静，气和，向善，户户开始种此茶，并取名水仙茶。

我们一行继续参观博物馆，发现了许多有趣的原始制茶机，如一百多年前木制的揉捻机（木制机），各种种茶、采茶及煮茶的农具和器皿。还看到了土家族人用于煮饭、喝茶取暖、议事的场所——火炕。

严院长说过去土家人喜欢喝砂罐茶，就是先将砂罐加热，然后将茶倒入罐内，再加开水冲泡。这样冲出的茶特别香。通常第一泡不喝，第二、三泡最好喝。

我们听得正感兴趣的时候，章传华主任突然告诉我们说：“以前只是听说云南普洱茶的老茶树，千年古树茶，你们看我们湖北也有千年古树茶啰！”说着便指给我们看靠在对面墙边的采花千两茶。一看介绍，这千两茶真是由一棵千年古树上采的茶制成的。据说这棵古树有四米多高，现仍生长在离县城 20 公里的五家台上。

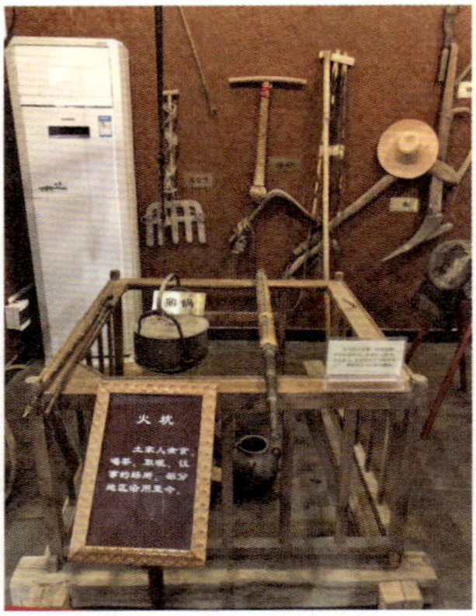

采茶、煮茶器具

导游还向我们介绍了“茶山七仙女”的故事。

五峰茶山七仙女

1958年，五峰城关区小河公社开展劳动能手竞赛，七位采茶女脱颖而出，人称“茶山七仙女”。1959年6月，七仙女精心采摘，制作了60多斤五峰绿茶献给毛泽东主席。同年11月，七仙女的五姐谢承珍出席全国妇女积极分子大会，受到周恩来等国家领导人的接见。1960年宜昌市京剧团深入五峰茶山体验生活，编排了京剧“茶山七仙女”，在北京等地演出200多场，引起了全国轰动。董必武观看京剧后，曾题诗一首，称赞茶山七仙女：“旧瓶装新酒，装饰已成功，酒富新醇味，瓶存旧古风，茶山七仙女，京剧万花筒，歌颂人耀进，登场搏采红。”

董必武为采茶七仙女题诗

现在他们采花毛尖茶厂将这种千年古树茶制成一两装的顶级茶，被称为“保顺和传奇”，售价不菲。

严院长不愧为五峰茶山的茶迷，一说到五峰茶，他便谈兴大发，滔滔不绝。他说五峰境内茶马古道沿途曾流行善施谷壳茶，是乐于助人的土家人专为口渴讨茶喝的路人创造出来的。他们在刚冲泡的大碗茶和泡好的凉茶内撒上几颗干净的谷壳，这样喝茶人就必须边吹开茶碗里的谷壳边喝，否则就会把谷壳喝到嘴里。这样一来茶就只能一小口一小口地喝，避免路人因口干舌燥而喝茶过急被热茶烫伤口腔，或大口喝下凉茶时伤胃。另一方面，土家人也希望路人借喝茶多歇一会脚，静一会儿心。听罢严院长讲的故事，我们更觉得土家人朴实，待人友善，土家茶文化充满情趣。

笔者与严院长合影

众人一同饮茶

参观完茶叶博物馆，了解了土家人淳朴的茶文化，我们都受益匪浅，感觉五峰山山美、水美、人也美，茶好、食好、人也好。

正如博物馆宣传栏内描述的一样：“君子之交淡如水，当官之道清似茶，饮中仙翁问摆渡，杯里悟得甘中苦。茶廉文化相得益，品茗修德共一壶。”

董自强主任突然看到茶室的广告：“采花毛尖，嫩芽似汤，新茶上市，欢迎品鉴。”遂请我们到装修大气典雅的茶室喝采花毛尖茶。茶艺师很快就给我们每人倒了一杯采花毛尖茶。只见茶汤清澈，一芽两叶立起，形色交融美极了。再细品几口，清新的板栗香扑鼻而入，顿使咽喉生津，回甘无尽，精神愉悦，疲乏顿消。章传华主任提议我们一起借花献佛，感谢宜昌的严院长和董主任，向他们敬茶！

古城宣恩访贡茶

叶章群

“鄂西宣恩有贡茶，茶中之宝甲天下；
当年捧茶献天子，皇恩宠锡传佳话。
如今茶香漂四海，色味香形谁不夸；
远方的朋友亲爱的客，请喝一杯宣恩茶。”

20多年前，著名歌唱家蒋大为游伍家台茶山，品伍家台贡茶，为《请喝一杯宣恩茶》谱曲并演唱。从此伍家台贡茶名闻遐迩。

10多年前我们曾在美丽的恩施土司城听过了脍炙人口的《六口茶》和《龙船调》，对这些充满土家韵味的民歌留下了深刻的印象。自此便对神秘的土家风情和土家茶文化产生了极大的兴趣。

2018年刚过完元宵节，我们一行人便踏上了这片神奇的大地。走进了美丽的恩施州宣恩县伍家台茶山，去实地品尝曾被乾隆皇帝御赐的贡茶。

著名歌手蒋大为游伍家台并作曲

在恩施州我们一行乘坐两部越野车前往美丽的山城宣恩。从恩施到宣恩全是山路，沿途风景如画。车在崇山峻岭中穿行，一座座大山，绿荫葱葱，森林覆盖率达90%以上。沿途车行一段便可以见到在远处的大山中有几户人家屋顶上冒着袅袅炊烟。山民们都在劳作，时不时还可见到一群山羊和狗。阳光、白云、山民、羊、狗，交织在高高的青山里，构成了一幅幅秀丽的仙境图。

我情不自禁的感叹：走过世界上许许多多的地方，从来没见过这么好的自然风光。这大山的子民们，即使在今天科技这么发达的年代，他们仍然保留着那么淳朴、自然的生活。

章教授、何教授、笔者探访山城宣恩

车行约莫一小时左右，到达一个小小的商店门口停下，大家想喝杯茶。商店对面有一个茶叶粗制厂。当地村民特别纯朴，热情地和我们打招呼。一位女性村民主动介绍粗制厂的情况，让我们初步了解了茶叶杀青、炒青、机器揉捻、烘青的情况。这时同行的章教授发现了一个情况：揉捻和烘青的机械上都写着国家补贴机具几个大红字，看来国家精准扶贫真是落到了实处。为了让村民富起来，国家鼓励山民们种茶、制茶，发展经济。参观了伍家台茶叶粗制厂后，我们来到对面的小商店，女老板拿出他们厂产的绿茶招待我们。大家每人喝了一杯绿茶，顿觉寒气尽消，精神愉悦。为了表达对她的感激之情，我们顺便买了一斤该茶厂的绿茶。正当我们准备离开小店时，好奇的章慧平教授突然对小店的竹背篓产生了兴趣，要求老板娘卖给他，老板娘爽朗地答应了。两个竹背篓一共200元成交。章教授高兴地拿起竹背篓，作为道具照相，留下了难忘的一刻。

恩施风景如画

我们一行上车再行10分钟后即到达了美丽的宣恩风景区。在风景区内，接待我们的是一个小伙子，约莫30岁，英俊，文质彬彬，待人热情有礼。他自我介绍是昌臣贡茶公司负责旅游接待的陈经理。他告诉我们：伍家台村占地8.5平方公里，有567户人家，2087人，分成17个生产小组，伍家台是个狭长的地带，地理位置得天独厚。这里气候宜人，土质为石灰岩的沙壤土，极适合茶树的生长。生长的茶叶具有板栗香， 饮后回甘生津，且富含硒。

陈经理还告诉我们：昌臣茶厂原来是一个村办企业，改制后成为民营企业。在伍家台昌臣茶厂的带动下，现在的村民都逐步脱贫致富，只要茶农勤劳肯干，在采茶季节每户人家采茶一天就能有上千元的收入。

随行人员问每年可采几季茶，陈经理说原来采3季，现在由于公司实行精细管理，每年可采春茶，夏茶，秋茶和秋末茶四季。所以当地人称这里的茶树为摇钱树。

陈经理带我们参观他们的茶园。茶园全部在海拔800~900米的山上。每座茶山都由特制的廊桥连起来，四通八达，走到最高的一座山头上，举目一看遍地茶山，修剪整齐的茶树一片连着一片，郁郁葱葱错落有致，漂亮极了。在前方的一座茶山上可见一个巨大的茶壶架在山顶。同行的都说这么巨大的茶壶从未见过，应该申请吉尼斯世界纪录。

每一座茶山上都可见几个白色的圆池。陈经理说这是沼气池，人粪、动物粪便及残枝败叶都被堆在池里发酵，产生的沼气用作燃料做饭，发酵后的残渣用作茶树的有机肥。当地政府已告知所有村民，伍家台的所有贡茶是绝不允许用化肥的。

笔者参观宣恩茶山

同行的章传华教授问，茶树打不打农药，是如何消灭虫害的。陈经理说他们的灭虫方式有两种。第一种是在夏天生虫的季节，把一种生物粘虫剂插在茶园，一到下午太阳落山时，许多虫子便被黏附在那种黄色的黏虫板上。第二种灭虫方法是用灭虫灯。总之，他们村种茶不得使用任何化学杀虫剂。

我们沿着步梯走过几座茶山，看到茶树修剪得整整齐齐。我不禁问陈经理是如何打理得这么好的。他说，采茶分人工采摘和机器采摘。通常清明前后的茶一律为人工采摘，一方面要保证采的茶是完整的，另一方面要保证鲜叶不为机剪打坏。而对于夏茶、秋茶、因其生长快周期短，叶也大，所以常用机采，茶树叶显得整齐。机采是机械化的推剪，还是需要人工操作，只不过是剪短的茶叶被抽风机抽到连接的袋子里而已，这样采起来就很快了。我又问为什么每陇茶树间有那么宽的沟，陈经理说是便于茶树间通风光照，使茶树生长的环境更好。所以伍家台的茶好，一方面是当地土质好，气候好，另一方面管理好也是非常重要的，当然更重要的是保证绝对的生态，经得起检验，坚持永远不打农药，不施化肥。

陈经理继续说："去年我们茶厂召开的评茶、斗茶大会，有 36 个国家的茶人参加，中国十大名茶的创办人都参与了品鉴会，我们的伍家台贡茶出口到德国、法国、俄罗斯、阿联酋等 10 余个国家，受到了当地茶人的好评。"

笔者、陈经理与古茶树合影

陈经理带我们到一处高山上，让我们参观 3 株 300 年以上的古树茶。

我们在三株古树茶边照了相，再往山顶走发现了一座茶神台，上面记录了伍昌臣制茶献于乾隆皇帝，得宠赐匾后建茶神台的情况。

参观罢茶园，我们沿着木制廊梯，转了几个山头，回到了昌臣茶厂。昌臣制茶公司的茶叶展示厅位于伍家台 3 星级旅游区内。一进展厅的广场，即可见伍家台贡茶茶文化的介绍。厅内悬挂乾隆御笔赐匾，上书“皇恩宠锡”。

茶神台

章教授与乾隆御笔赐匾合影

陈经理接着给我们介绍伍昌臣获锡匾的情况：伍昌臣生于清乾隆二十二年，青年时代开始在伍家台忠堡屋脊苦心栽培茶叶，生产出来的白茶独具特点，味甘、汤色青绿明亮，似熟板栗香。

第一年封在坛子里，第二年饮用，其色香味形不变，仍保持新鲜茶的特点。

由于这些优点，他的茶远近驰名，官吏争相购买，并作为贡品献给乾隆皇帝。乾隆品后大悦，即下旨赐“皇恩宠锡”匾以资嘉奖。当地官员获知后，文官见匾下跪，武官见匾下马。从此伍家台贡茶更是享誉世界。

我们一行随陈经理走进品茶厅，只见茶厅装饰得非常豪华，四周墙壁都挂满伍家台贡茶的种植，制作，以及公司的基本情况介绍。走进内厅即可见品茶室，摆满各类茶的品种，也出售茶品，茶具。再进内厅即为规模宏大且装饰豪华的品茶鉴茶室，室内摆满长方形红木桌和红木靠背椅。大家分别落座，一块屏幕上方写着“伍家台贡茶，一叶动天下”。边饮贡茶边看昌臣公司介绍。大家都一致认为伍家台贡茶堪称极品。泡头杯水，汤青色绿，甘醇初露；泡二杯水，汤色浑绿透黄，栗香浓郁；泡三杯水则汤碧泛青，茶香横溢。饮后只觉栗香持久，滋味甘醇，令人精神愉悦，咽喉甘甜。同行的章传华教授饮后感叹不已，说道：“我等来到这深山老林，喝到了乾隆皇帝赐封的贡茶真是三生有幸，不虚

伍昌臣白茶青绿明亮

此行。值得！值得！这里不仅风景好，人好，最重要的是茶好，我明年还会再来，带家人来宣恩住几天，吸吸氧，用贡茶养养胃，润润喉。”章教授一席话说得大家哈哈大笑，都说明年再来。

笔者一行人品尝伍家台贡茶

品完茶后，大家都觉得饿了，陈经理便带我们到一家土家特色的餐馆吃饭。他说这家的土猪蹄子最好吃，还有玉米饼和合渣做得最地道。我们走近一座小山，山上有一小院，挂满灯笼。餐馆装点得一派土家风格，大门两旁各挂着一套蓑衣与斗笠，房周堆满整齐的劈材，码得高高的接近屋梁。进门右边是我们预定的包房，左边是一个小房，房内地上有一椭圆形的水泥炉，炉身埋在地下，炉口露在外面，中间有一铸铁圆盖，盖边有一小口，可通过小口添材烧火。大家围坐在炉边烤火，喝茶，吃瓜子，谈天。陈经理告诉我们，宣恩的取暖有两大特色，一个是这种地下火炉。当地人称之为降浮（音）。可将顶罐放入炉内煮饭，顶罐可以升降，升上时可煮饭，熬汤，放下时则可取暖。这种炉子最大的特点是烟子通过地下联通的管道从窗外的烟囱里冒出去，紧闭的屋内不会有烟漏出。所以屋内地上都是暖和的，一般不会发生一氧化碳中毒，屋内取暖非常卫生。当地山民每家都有装置了这种地炉的取暖房。我们大家都围坐在地炉边烤火，还不时从炉口添加柴火，确实没有烟味冒出，房内始终都是暖烘烘的。

陈经理又说道："宣恩第二个取暖特色是棉鞋。这里的人一到冬天，男女都会穿上特制的棉鞋。"他翘起脚给我们看他脚上的黑色棉鞋。这棉鞋底由一种特殊材料做成，帮是棉花、棉布制成，十分轻便暖和。每双只卖20元，又便宜又耐穿。我们都好奇地试了试棉鞋，确实轻、暖和。大家都说今天每人买一双回家，放在办公室里穿。不一会店小二喊我们进包房吃饭。早就听说恩施菜好吃，今天一试果然名不虚传。桌上有腊蹄子、玉米饼、合渣（一种汤煮的豆渣）、野生鱼，山上的各类野生菜，满桌的土菜样样好吃。大家喝着苞谷酒，品着美味佳肴，最后还吃了当地最好的主食：玉米饼和土豆饭。一桌菜不一会便吃得干干净净。所有人都说恩施菜好吃，给人回味无穷。

我们一行离开饭店后，宣恩的杜总建议我们到他的家乡宣恩县走一走，他一个劲地说宣恩是恩施最美、最清洁的小城。我们一行在城里走了约莫一小时，看到城内有一小河，河水清澈见底，河面上装点得古色古香。我们走过一座百年古桥，又走过一个集贸市场。正如杜总所言，连最难管理的集贸市场上居然都见不到一处随地乱扔的垃圾，摊位上摆放的物品整整齐齐，山货、土特产品种繁多，令人目不暇接。我们一行人匆匆挑选了一些山货，从古桥走出，沿街转到另一座现代化的桥上。

使我们一行感触最深的事，小城内山民的生活质量非常高，幸福指数也很高的。他们悠闲自在，吃的都是绿色食品，呼吸的都是新鲜空气。从桥上往下一看，至少有上百人都搭起桌子在玩扑克。场景十分壮观，令人印象深刻。我不由得照下了这充满闲趣的一幕。

众人围坐火炉喝茶谈天说笑

这一天，我们参观了美丽的宣恩小城，饮赏了宣恩3A级的美景，了解了当地山民朴实无华的生活，了解了昌臣茶业有限公司的基本情况，了解了种茶、采茶、制茶的全过程，同时也品尝了宣恩的美味佳肴。当然，最使我们难忘的是伍家台的生态贡茶。

市民们打牌休闲

作为湖北人，我们为我省有如此好喝的生态茶而感到骄傲。再见，美丽的宣恩，来年我们还会相约到这美丽的小城来，住上一两晚，多饮几杯“皇恩宠赐”的伍家台贡茶。

好茶，从种植开始

陈国毅

这次见到周志雄大哥时，他正站在台上领奖，淳朴的脸上挂着一抹发自内心的笑容。

厦门市茶叶商会颁发茶王荣誉

原来，经过激烈的角逐，由纳山云舍茶厂部（武夷山溪云谷茶厂）选送的珍品“云谷留香”最终拔得头筹，获得了厦门市茶业商会2017秋季“夏商茶世界杯”茶王争霸赛中武夷岩茶品类“茶王”的殊荣。

茶王“云谷留香”的包装及茶汤

这个比赛可是一个含金量不小的比赛。比赛邀请多位业界知名专家作为评审，获得总商会及其他兄弟商协会的领导鼎力支持，且有《中国食品安全报》、《福建日报》、《海西晨报》、《市场信息报》、新浪网、小鱼网、台海网等多家媒体共同监督，确保大赛公平、公正、公开。这个比赛不仅只有专家评审，斗茶现场还布置有来宾斗茶体验区，并设有茶席供几百人同时品茗，大家共同评断各家茶叶的优劣，并见证茶王诞生的全过程。

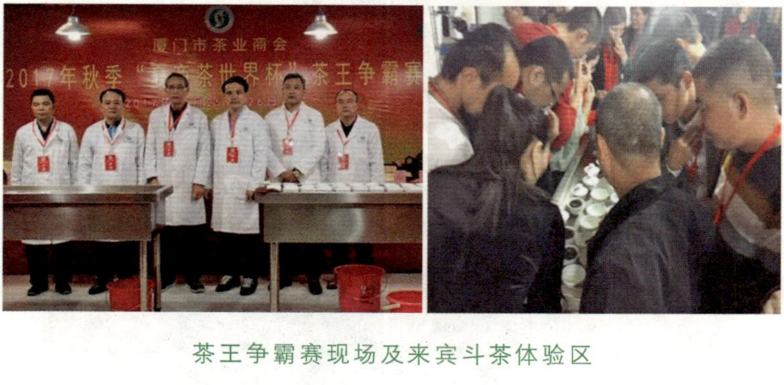

茶王争霸赛现场及来宾斗茶体验区

茶王周志雄在争霸赛颁奖现场

要说这么个隆重的比赛，周志雄应该摩拳擦掌，早早就开始认真准备才是。可事实上，周志雄在朋友们的极力劝说下才磨磨蹭蹭地报名参赛，还差点错过了报名日期。把茶叶寄给组委会后，周志雄便再没把这件事儿放在心上，直到别人通知他来领“茶王”大奖时，他还十分意外，亲自上网确认无误了才相信。当事后被追问原因时，周志雄颇有些不好意思地笑了笑，说：“本来以为参赛要捐钱、赞助，不赞助的就获不了大奖，所以不想去评奖。因为没花钱赞助，所以也没抱什么希望。真的是意外之喜。”

对于周志雄的回答，我一点儿也不意外，他就是这么实在的一个人。上次在武夷山见到他的时候，他正背对着我蹲在地上，头也没抬一下，一边回应我的招呼，一边用手细细地扒拉着泥土，判断今年土质将给茶树带来什么样的微妙变化，活脱脱一个“茶痴”的样子，远离了人情世故，更没有一点商业味儿，仿佛世界里只有他的茶。这样的人，是不屑于花钱去给自己的心血结晶买奖项的。

听周志雄的朋友说，他自幼跟随身为老一代武夷山茶师的爷爷，耳濡目染，爱茶、懂茶，对茶有一份独特的灵性。家乡人都说，这个孩子如果不做茶就可惜了。

周志雄毕业后也做过其他工作，但最终抑制不住那份对茶的热爱，十来年前回归了从小梦想的行业，成为了一名制茶师。和一些人不同，周志雄并非把制茶当一个谋生的职业，而是当成实现梦想的事业，因此，他对制茶有着独特的理解。

“严格”是身边人给周志雄贴上的标签。从种植、选材、采摘，到运输，再到制茶，周志雄都亲历亲为，按自己的要求独创标准流程，每个细节都一丝不苟。

采访周志雄的获奖心得时，我开玩笑地问他有没有什么独门秘笈，周志雄“嘿嘿”地笑了笑，有些腼腆，回答说做茶都是一样的，哪有什么秘笈，只不过是“因为热爱，所以认真一点”罢了。再要问他觉得在哪方面比别人更认真，质朴的周志雄又支支吾吾地说不上来了。

但说起这次艳压群芳的“茶王”云谷留香，周志雄就打开了话匣子。周志雄告诉我，本次“云谷留香”能夺魁，关键在于严格甄选上好的原料——来自砂仁坑的野茶。砂仁坑位于武夷山自然保护区内，是一处天生天养的高山野茶基地，有着纯净的水源和肥沃的紫砂砾岩土壤。

砂仁坑常年云雾缭绕日，照少，独特的小山场气候适宜茶树生长。一到冬天，还有冰晶雪花，给茶树盖上一层厚厚的“被子”，不仅可以冻死病虫害，到了春天，雪水融化，养分回流，更能丰润土地、滋养植被。茶树种好了，到了春天采茶季，就可以安心挑选出其中叶片肥厚、叶脉沉、色泽佳的茶叶进行制作了。

砂仁坑的春夏秋冬

砂仁坑的高山野茶树

静待制作的砂仁坑优质茶叶

在跟周志雄的聊天中，我还了解到，采茶也是不容小觑的工作。周志雄发明了用小剪刀采茶的方法，所有采茶人员一手轻握茶叶，一手用小剪刀小心将茶叶剪下，严格保证“三叶”采摘、制作，杜绝用指甲、蛮力等伤害茶叶的情况，让每一片原茶都健康、饱满。更严苛的是，为了最大程度保证茶叶新鲜，周志雄要求，采茶时每一小时就必须从山上运送一次茶叶回茶场，不许积压。这样，人工成本大约比寻常采茶高出两倍，但制出来茶叶的口感，也更好了。

对于什么样的茶才能配得上“茶王”称号这个问题，周志雄一直强调，首先是要从原料上去下功夫，好茶，一定要从种植开始，种茶，永远是制茶的第一步；而一个好的制茶师，不仅要懂做茶，更要从源头——种茶上就抓起。只有自己亲自参与了源头种植，才能读懂每株茶树的灵性，从而根据他们各自的特点制作出最适合的茶叶！

云谷留香，唇齿生津

稀世野茶出深山，天生天养幽芳长。匠人妙手出绝品，云谷留香美名扬。

也谈饮茶的乐趣

陈国毅

熟悉我的朋友，都知道我经常喝茶，大家都乐意来找我喝茶，有时候会拿一些茶来，一同品鉴和讨论。也有人会拿些茶来考考我，让我通过喝茶品出该茶的山场、年份、品种等。这些活动我也乐而为之，品茶论茶使聊天时增加了不少话题，也增进了朋友间的感情。大抵上，我喝的茶还是以岩茶居多，但偶尔也喝一些其他品种的茶。

但是要说刚开始，我其实对喝茶并无太大的兴趣。刚喝茶那段，我大多是晚上喝茶，但我其实是对咖啡因比较敏感的体质，所以夜饮浓茶常常闹得晚上辗转反侧，难以成眠。当时还听信一些朋友的谬论，说喝多、喝久了，自然就不会影响睡眠，但事实是，茶是否影响睡眠是因各人的体质而异的，即使喝茶多年照样可能影响睡眠。茶叶里含有较多的咖啡碱和茶多酚，都有促进胃酸分泌的作用，如果本身有胃部疾病，空腹是要避免喝茶的，尤其是浓茶。所以我现在也经常劝诫身边的朋友，晚上少喝茶，空腹避免饮茶。另外，现在食品安全问题也时有发生，所以不是很了解底细的茶，我也是基本不喝的，或者也就是轻抿几口。

但我为何从一个不很爱喝茶的人，变得开始爱茶，甚至成为有些朋友眼中的“茶痴”了呢？我自己归纳了几个原因。首先我是一个滴酒不沾的人，也很少吸烟，但是我又是一个交友广泛的人。社交时单纯聊天也显得单调，而烟、酒、茶就能起到了很大的调节作用。抽烟、喝酒我都不行，所以和很多外地朋友交流，就得通过茶这个媒介了。事实证明，岩茶对我广交朋友也确实起到很大的推动作用，我的许多本省、外省，乃至国外的朋友，都是先在茶座上相识后才有后面的深入交流的。

笔者和友人在极乐国品茗

那为何烟、酒、茶会成为大家社交时都爱依靠的媒介呢？这可能与人体摄入烟酒茶后，都可以被诱发产生内啡肽有关。内啡肽是一种很神奇的东西，大抵上让人成瘾的事物，都与它有关。人们心情的好坏和大脑分泌出来的内啡肽有很大的关系，在它的刺激下，人的身心会处在一种轻松愉悦的状态中，所以内啡肽也往往被称作“快乐激素”和“年轻激素”。比如足量的运动就可以刺激大脑中内啡肽的分泌，让人神清气爽、精力充沛。而在烟酒茶的作用下，大脑也会产生内啡肽，所以饮茶、喝酒、抽烟后人们都会产生一阵欣快感。时间一久，身体就会对它们产生一定的依赖作用，所以停止烟酒茶的摄入后，不少人会出现疲劳、精神不集中等症状，这其实就是“戒断反应”的一种表现。而在烟酒茶里面，茶叶对人体的心血管有较好的保护作用，也并无明确的危害，所以饮茶也成为大众，特别是部分女性朋友较推崇的一种方式。设想一下，大家聚在一起，如果男女朋友都叼着烟，高谈阔论，显得总有些不雅致，而大家共聚一堂，泡上一壶茶，边品边聊，立刻显得格调高了许多，大家在内啡肽的作用下都开始侃侃而谈，精神愉悦，岂不美哉？这应该也是当今社会茶道极为盛行的一个原因吧，所以目前一句话变得流行起来：无茶不成席。

内啡肽或许就是我个人对岩茶的矛盾情怀的重要来源吧。我开始是个不很爱喝茶的人，但是为了交朋友又经常在喝茶。渐渐地，一旦我停止喝茶几天，身体就会出现些“戒断反应”，浑身不舒坦。10 年前因为工作、学习的原因，我到上海长住了一段时间。刚开始的几天，总觉得精神不集中，疲劳犯困。最开始我一直以为是水土不服，直至十余天后随手翻到行李里带来的一罐大红袍，灵机一动，想到莫不是到上海都没喝茶的缘故，遂以大杯冲泡，凉置后一饮而尽，瞬间觉得神清气爽，体能立刻充沛起来。自此之后，每日午后，我都冲泡一杯岩茶饮用，由此在异地也能安然生活、心宁气和。

武夷胜景之洛伽岩、土国在、玉女峰、云岩

而更加爱茶的另一个原因，也是我想着重讲的，就是我对武夷山山山水水的热爱和对大自然、生命的一种敬畏。杭州一个朋友对茶的一句评价令我印象颇深：茶嘛！就是有文化的一种叶子，我觉得他归纳得挺到位。中国古代的市井俗语就有“柴米油盐酱醋茶”一说。茶最初也就是大家的日常生活用品之一，但几千年来不少文人墨客饮茶、颂茶，这些人文情怀将格调注入饮茶中，让茶在人们心中的形象远超出了它俗语里的其他兄弟。此外，对我个人来说，茶不仅仅是生活的一个调剂，也是我家乡武夷山的象征，毕竟武夷山的山水和茶，早已让我沉醉。白玉蟾的《九曲棹歌》里写到："仙掌峰前仙子家，客来活水煮新芽。主人遥指青烟里，瀑布悬崖剪雪花。"我逐渐积累的对茶的热爱，或许也是缘于我对武夷山水的眷恋吧。

诗情画意的武夷山茶寮

不知道是否由于生长在武夷山的缘故，我自小就有个梦幻般的愿望，就是到一个云雾飘渺的地方去生活和发呆。记得有一次雨后，我和父母一起，走到了天游峰下，云窝里显出影影绰绰的仙掌峰，顿时觉得这就是自己自小梦幻的地方。

自此一发不可收，只要寒暑假就随着大家走山游水，徘徊在武夷山水之间。印象最深刻的一次，是在夏末和朋友翻越马头岩，当时翻到马头岩磊石道观的时候，大家已经是口干舌燥，浑身暑燥难耐。这时主持道观的陈道长招呼我们坐下喝茶，当时他上的茶就是自己制作的马头岩周边的奇种，也就是道观周边野生的一种茶叶。茶水一入口，顿时口舌生津、燥热困顿消散。而茶水浓烈的岩韵，使我脑中顿时呈现出一幅奇特、立体的画面，即是一路而来岩壁涧边湿漉漉的青苔和马头岩峥嵘峭壁的骨鲠。

极乐国崖壁上静坐喝茶

这使我领悟到乾隆帝“气味清和兼骨鲠”的灵妙由来。奇茶饮毕，我和同行的朋友也开始了一番闲聊。一位朋友祖上就住在马头岩周边的旧房子里，后因景区保护举家搬迁到九曲岩茶村去居住办厂。他家之前的菜地，就在马头岩道观前面的空坪处，而现在也改成种植肉桂茶树了。他提到个比较奇特的现象，当时菜地改种的茶树所产的茶叶，滋味岩韵均平平无奇，很多人喝了都觉得不是正岩的茶，而崖壁下、半坡上栽植的茶树，所产的茶质无论厚重感还是芳香度都远超菜地的茶叶。听完这个后，我们便兴趣满满地去友人家中饮茶，检验崖壁茶是否真比菜地

行走于武夷弥陀岩；跋涉在古井老山场

茶更有滋味。一试过后，果不其然。当时我就深感到武夷岩茶的神奇，此后开始一发不可收拾，再在不同山场中穿行时，总是设法索到相关区域的岩茶，品饮感知，就犹如进入了一个梦幻多彩的世界一般。同样一片山场的茶叶，中间若隔着一个峭立的崖壁，崖壁上的茶叶和山脚下的口感就迥然不同；充满兰草的山涧，产出的岩茶必带着幽然致远的气息；开阔向阳的坪面，岩茶则有着浓烈飘扬的香气；甚至同一片茶园，重度修剪和野放的茶树，也有口感层次上的差别。这不由得让我感受到，茶不仅蕴含着日月光华，也吸收着土地的灵气与神韵。

所以我很能理解我父亲对年糕的喜爱和对过年穿新衣习俗的依恋。父辈一代，年幼的时候，家中大都经济拮据，而过年时吃的年糕，不仅是填饱肚子的美食，还是一家人其乐融融的记忆。合理地猜测一下，这些童年的美好记忆，或许就是可以他们这一代人产生大量内啡肽的情结点。所以一到过年，父母就嘱咐我们一定要买新衣服穿，如果我们没买，他们就自己上街去帮我们采购，这可能就是因为购置新衣会让他们忆起年少时的幸福时光吧。同样，长时间离家时，我都会泡上武夷岩茶，茶的滋味并不足以令我沉醉，但饮茶时我便又寻回了心里对武夷故地的归属感。对我而言，武夷山山水水是精神的电源，大脑疲惫时，呆坐在山水里，喝喝岩茶，也确实能给自己充充电。个中滋味我相信很多朋友都有体会吧。

此后我行走了不少的地方，也品尝了不少其他品种的茶，如西湖的狮峰、白鹤峰地域的龙井，确能感知其精致脱俗的江南气息；云南普洱的南糯、易武，我能感受到它原始、劲霸的张力；庐山的云雾，能助我理解白居易“散作万壑春，凝为一气碧”的感慨。

眼、耳、鼻、舌、身、意，识识皆通达阿赖耶。有乐趣的事物也必定是和这些相关的。人生有趣的事物很多，无趣的东西也不少，不管喝茶、喝酒、吟诗、写字，找到自己觉得有乐趣的东西就是件值得庆贺的事情。

清新茶都之旅

邢金春

千山万岭入云天，霞蔚雾侵兰蕙鲜。
传统正宗真韵味，悠悠岁月忆茶仙。

茶道是中国由来已久的一种文化特产，古代文人习练琴、棋、书、画，这是他们修身养性所必须掌握的技能；名门闺秀亦要求掌握焚香、品茶、挂画、插花，这些都是培养个人修养必不可缺少的。时过境迁，正是这份清穆古雅的美学和恬淡怡人的心态，才演绎出今人的养生情怀。现如今喝茶已是中国人实实在在的生活需要，是一种平凡得不能再平凡的家常事。有句俗语“开门七件事，柴米油盐酱醋茶”，可以充分说明茶在中国人心目中的地位。

厦门大学附属第一医院泌尿外科医护人员前往安溪茶都

身在福建这一茶省，自然耳濡目染，对茶有着极大的好感和兴趣。而要说福建最有名的茶，就非安溪铁观音莫属。安溪位于厦门、漳州和泉州的交界，好山好水好茶，我们怎能不“近水楼台先品茶”，去茶都安溪游玩一番呢？就在春意盎然的今年3月，我带领泌尿外科全体医护人员分两批前往安溪茶都，深度体验了安溪浓郁的茶文化。

来到安溪，还没开始采茶、品茶，大家就被吸引到三和创意茶文化博物馆，开始了“理论学习”。三和博物馆收藏有来自世界各地的300多种不同的茶样，各种不同质地、不同年代的茶具，各种与茶有关的书画、邮票、火花、扑克。茶文化博物馆以全新的角度，向人们展示着不一样的茶文化。在这里我们深入了解了茶的历史，茶的文化。大家饶有兴趣地观看各种展品和茶艺表演，也体验了一把挑茶梗的工作，从中获得了许多乐趣。在讲解员的介绍中，大家也初步知晓了茶的起源、种类、茶道，对安溪名茶铁观音的历史发展和茶叶特点也有了一定的了解，对茗茶的兴趣也逐渐增加。

笔者与讲解员探讨茶叶相关知识

在茶文化博物馆中体验制茶工艺

知道我们一行人都是医务工作者，讲解员就谈起了茶文化和医药的关系。许多古老的传说中提到茶最开始就是治病的药物，茶文化与中医药文化一脉相承。《神农本草经》中记载：“神农尝百草，日遇七十二毒，得荼（茶）而解之。”大家兴趣盎然地听了讲解，又好奇地问起了“铁观音”这个名字的由来。原来在公元1736年（乾隆元年），南阳先生王士让，发现一株奇异茶树后，开创性地采用了半发酵工艺，制得好茶献进京城，乾隆饮之，大赞其味香色美，形沉似铁，美如观音，赐名“铁观音”。八马祖先王士让及其后代、感念皇恩圣眷，坚持传承家族秘制手工制茶工序，只为保留当年乾隆赞叹的原味茶香。而获得乾隆赞誉的铁观音，也声名大噪，成为安溪响亮的招牌。

铁观音的发现和培育离不开王士让，他的后人秉承其制茶技艺和初心，开创了八马茶业。八马源于百年前名扬东南亚的“信记”茶行。掌门人王文礼先生是国家级非物质文化遗产铁观音代表性传承人，是王士让的第十三代传人，安溪铁观音同业公会会长。八马茶业生产的铁观音多次获得“茶王”称号。在中午小憩之后，我们一行就慕名来到八马生态茶园。八马茶园坚持以建立环境友好型茶园为己任，倡导人与自然、茶园与生态和谐发展的理念。在八马茶园里，茶园与植物园融为一体，动植物与微生物平衡共存。我们也在这世外桃源采茶、品茶，双手和舌尖都感受到了神奇树叶的魅力。

八马生态茶园采茶

采茶归来，品味神奇树叶的魅力

科室另一队人马在茶都饮茶

回归自然、与自然环境和谐相处是人的天性，茶则是对这份天性最好的满足，这正好与中医“天人合一”的思想相吻合。只有顺应自然的变化规律，因时而宜，因人而宜，不做违反自然规律的事，才能健康长寿。中国人对于品茶，自古就有“偷得浮生半日闲”的说法，只有“闲”才能更好地养心养性，才能够注重生活的品质，这也是传统意义上中国人对生活理想境界的定义。“茶道”“医道”也是“人道”，将二者有机结合，便能活出人生新境界。

在这一天的茶文化之旅中，大家从繁忙的临床工作中走出来，走入茶园、走入茶艺的清芬中，感受了一份久违的轻松与惬意，也深刻体会了茶道养生的最高的境界。

武夷山岩茶诗词选

李清盛

江城子·武夷春茶随想

春风十里知路遥，花正娇，水迢迢。红紫绿翠，蝶舞戏黄髫。日上三竿拜茶神，喊开山，露已消。

一盏香茗对月邀，君子交，品自高。阔论古今，长歌不辞劳。武夷山下叙茶缘，观竹影，听松涛。

止止庵外－玉女峰

更漏子·武夷品茗随想

漏三更，梧桐雨，更短哪堪思绪。十八弯，九曲长，流水送秋凉。

春时叶，冬霜雪，诗情无关风月。一盏茶，半日闲，独品赛神仙。

慧苑坑－烟云禅意慧苑寺

长相思·武夷品茗随想

花一帘，月一帘，竹影琴声起飞檐，对饮小凉轩。

风满山，雨满山，云雾满山觅茶园，伊人不是仙。

齐云峰－远眺武夷胜景

水调歌头·丁酉秋闽江夜话武夷茶记

茅亭疏竹影，同领一江秋。焚香对看渔火，抚琴声悠悠。围坐茶友二三，谈笑诗词歌赋，此生复何求？起手承甘露，化作绕指柔。水长流，山不转，月如钩。今夕何夕，也无风雨也无愁。一杯琥珀清汤，几瓣仙叶浮沉，独影伴沙鸥。易酬醇佳酿，唯品几时休？

天游峰－晒布岩远观图

雨霖铃·武夷岩茶随想

云消烟帐，碧水丹霞，崭露骄阳。桃源洞府难觅，听雨落，仙家别苑。仿若棋局有度，却难解其意。抬眼处，依旧基台，绿满青苔老枞地。

天车架起儿时样，再何时？聚首凭栏望。应是采青时季，章堂涧，骤雨初歇。易逝华年，只有香茗雅韵不负。虽寄有诗赋千行，怎敢强称奇？

止止庵易经楼上远眺天下第一风水处

重句一九令·武夷岩茶随想

奇

绝

赏花

识香

品酽汤

说茗茶

兰香为底
岩韵作媒
春雨润肝肠
晨霭沁心脾
谷雨小满做青
小暑大暑焙笼
仙家撒下多情种
千古难寻一叶鲜
昇真洞天难诉缘起
蕙质雅好不负初衷
秀甲天下丹霞占魁首
奇石簪花碧水飞云台

玉女峰 – 玉女庵之旧山门

武夷随想

武夷美景颂古今，江郎须有才尽时。
三江娇客觅仙踪，四海宾朋望归期。
春有绵雨催新芽，夏水凛冽绿荫密。
秋意浓时红满山，冬耐霜雪不老松。
最喜岩山出茗茶，春来走水暑入笼。
汤似琥珀凝香雾，叶底清亮分绿红。
三分岩韵硬如骨，七分花香沁心脾。
人生苦短多愁怅，一杯一壶抒胸臆。
仁山智水武夷行，莫悔尘世抽身迟。

莲花峰下－白岩苍穹

武夷品茗随想

桃花源里桃花流，洞天府中洞天游。
甘露滴翠通幽处，仙家茗岩晚甘侯。
花香韵浓畅古今，饮至茶酣不思休。
千里同酬共佳品，斟取一杯明月秋。

九龙窠－九龙洞

白玉蟾·武夷岩茶·止止庵游记

李清盛

昔日白玉蟾有诗云："山涌千层青翡翠，溪摇万倾碧琉璃。游人来此醉归去，几个亲曾到武夷。"白玉蟾一生流连武夷山近二十载，足见其对武夷山之情有独钟。

白玉蟾的足迹遍布武夷山的山山水水，武夷山多处有其修行的遗迹或传说，山留下大量的诗词歌赋至今传唱。古代的武夷山儒、释道三教并行，文化高度发达，而白玉蟾则代表了当时道家的一个高度。白玉蟾在武夷山不止是修行及整理道家典籍，还推动了当地茶叶的生产，并使武夷岩茶更多了几分人文底蕴和道家的神秘色彩。据传白玉蟾曾在武夷山三仰峰和止止庵等地种茶和做茶。有人说这些传说都是牵强附会的，我倒觉得未必，这是可能有或者可以有的事情。其实也挺好理解的，既然白玉蟾是个爱茶之人，看着周遭都是茶山，自然会想着去做茶或者组织村民做茶，这也是人之常情了。随想茗茶主人赞曰：“武夷三仰儒释道，千载棋局非等闲。碧霄洞里白玉蟾，却使丹井弄茗岩。”

武夷山水，右上即为武夷大王峰

说到白玉蟾就不能不说到武夷大王峰脚下的止止庵，毕竟这是白玉蟾在武夷山住的时间最长之处。白玉蟾有诗写道：“芳草暗分流水绿，老松刚借远山青。独拈铁笛溪头立，吹与洞中仙子听。”这几乎就是止止庵外九曲溪边的真实写照，每每看见水光台边的溪中巨石，就仿佛看到大师立于溪石之上飘然拈笛之仙姿。

说到止止庵会自然地让我想起一位好友。止止庵这个地方我打小就常来，过去以遗址和废墟为主，后来重修了，还有人打理，所以看着就重新风光起来。虽然来过不知多少次，但至今印象最深刻的还是与这位好友来的那一次。

友人陈国毅，建阳籍人，世代行医，为人爽朗热情，自小游历武夷，寄情于山水之间。爱屋及乌，品饮武夷岩茶多年，遍访武夷名茶名师，对武夷山和武夷岩茶如数家珍。在茶文化与茶病理、生理学方面颇有研究。随想茗茶主人与之交为好友，互通有无，也常在一起喝茶交流，交流的内容不限于茶道。

武夷大王峰脚下的止止庵

陈国毅及笔者于止止庵前合影

丁酉年腊月十九，立春，天气晴好，那天早上我起得迟，正在家吃包子呢，接到国毅的电话邀请我去止止庵赏梅。我想着下午还要上山去给家中老人看墓地，担心赶不回来，所以略有推辞。不想国毅保证说吃了午饭就回来，误不了上山。一同前往的还有国毅的夫人及女儿，足见其盛情，却之则不恭矣，遂一同前往。从建阳到止止庵不过一小时路程，一路相谈甚欢。

在幔亭山房停车后，一行人步行前往止止庵，虽说是腊月，但艳阳高照，并无寒意。我们循着溪边散步聊天，谈古论今，说说武夷山风景区的变迁历史，也说说品尝武夷岩茶的个人体会。不到半小时就到了止止庵的山门了。由于当天立春，止止庵山门洞开，放了鞭炮，一地红色甚是喜庆。

步入止止庵，山门之内别有洞天，园林式的造景将自然的鬼斧神工与精巧的人工设计很好地融合在一起，也应了山门外的那四个字：道法自然。

止止庵大门

院内的白梅几有百余株，其中一些老树颇有年头，枝干虬劲，满树梅香，清风掠过，落英缤纷，极具诗情画意。这时大家谈起此时地势，我环顾四周看了看上下说道，此地蜗居溪边谷地，地势狭小，上有大王峰如巨石压顶，是为凶险之地，不宜常人居住。常言道“君子不历险地”即为此意。溪边谷地通风不畅，四季潮湿，寻常人若长期居于此地，易得风湿等病症。再加上巨石压顶之势，对常人心理会造成压迫感，时间久了易患各种心身疾病。止止庵历史上多次兴盛却也长时间荒废即与此有关。白玉蟾非常人也，居此险地可心生激荡，内气与外势相抗则更助修行，有事半功倍之效。修行之人，不是享福来的，故常选山谷洞府和山巅悬崖等艰险之地闭关修炼，这是有助于修为的常法。而寻常人的体质不足以对抗此等外势，时间长了必为外势所灭，何来风水福地之说？就是作为墓地也是不妥的。

止止庵院内的白梅

聊天观景之时，我们顺道走上了半山上的会客亭，朴素的建筑和摆设都处处体现了修道人的身份和自在。国毅和阿水道长熟练地打着招呼，坐下准备泡茶喝，走了这许久，也说了这许久，确实是有些渴了。阿水道长，谈吐不俗，待客热情。算是一个健谈之人，在各类的游记之中想必也是出镜率相当高的名人了。一泡肉桂，一泡大红袍，用的是止止壶天的山泉水，国毅的推荐总是不错的。我们喝透了这两泡茶，额上也沁出些微汗。茶间继续谈天说地，兴致盎然。

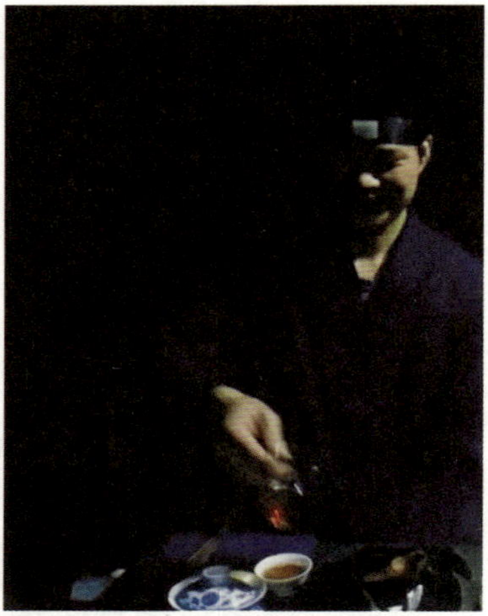

阿水道长为我们泡茶

两泡茶喝尽，又说了不少话，这时腹中略感饥饿，阿水道长热情地邀请我们去吃斋饭。日常吃多了油荤之物，吃这一餐斋饭便觉清新宜人。庵内自种的青菜果蔬，搭配一些可口的腌制小菜，不知不觉两碗白饭就下肚了。吃饱喝足了，阿水道长邀请我们小憩片刻喝一泡茶再走。但因为我还要赶回去上山，国毅就跟阿水道长道谢告辞了。

步出山门，恍若隔世，在止止庵内不过短短三小时，回头一望竟有轮回之感。古来有言，仙家一日，人间一年，此言不虚矣！隔日随想茗茶主人填卜算子一首以记此游，感谢国毅一家之盛情。

卜算子・丁酉腊月十九立春止止庵赏梅（次宋放翁先生韵）

九曲驿道边，洞天独做主。越是天和待娇客，落英飞似雨。

耐过霜雪寒，掌春花仙妒。化作香泥碾作尘，只有风如故。

二进潮州访茶乡

王树声

潮州，工夫茶的故乡，单丛茶的产地。凤凰山的乌栋单丛茶，根据茶界最近的传言，其宋种已卖到了几十万一斤。单丛茶的魅力深深地诱惑着好茶之人，天价单丛茶到底好在哪呢？潮州工夫茶，有什么独特之处呢？粤菜的主菜系之一——潮菜，以及潮州的小吃是因为什么让人流连忘返。为探究竟，我们几个好茶之人，动了再游潮汕之心，在谷子老师的策划及安排下，在秋天到来之际，我们踏上了游历潮汕之路。

潮州市位于广东省东部，属南亚热带海洋性气候，气候温和，年平均气温为21.4℃，雨量充沛，年平均降雨量1685.9毫米，四季常青。潮州茶区的黄壤、红壤土主要分布在海拔400米以上，pH值为4.5～6.5，土层深厚，富含有机质（含量达3.81%～4.26%）和几十种微量元素。这些元素、物质被茶树吸收、代谢，孕育了单丛茶独特的香气与韵味。凤凰山等茶叶主产区具有“山高日照短，云雾雨量多，冬春不严寒，盛夏无酷暑”的天气特点，极适合茶树生长，茶树生长没有明显的休眠期，四季都可产茶。凤凰单丛茶多生长在海拔400米以上的茶山上，茶树有着得天独厚的生长环境；单丛茶属于高品质半发酵乌龙茶，含有丰富的氨基酸、维生素、茶多酚和生物碱，其中茶多酚有很强的抗辐射作用。相传南宋末年，宋帝卫王赵南逃路经凤凰乌岽山，口渴难忍，山民献红茵茶汤，饮后生津止渴，曾赐名为“宋茶”，后人将其繁殖的后代茶称为“宋种”。到清朝末期，为提高茶叶品质，茶农从数万株古茶树中，选育出优异单株并加以分离培植，并实行单株采摘、单株制茶、单株销售的方法，并将单株冠以树名。当时有一万多株优异古茶树均行单株采制法。由于该茶发源于潮州凤凰山，因此得名“凤凰单丛茶”。

我与谷子一早驱车从广州沿高速行走400余公里直奔潮汕机场与叶教授等几位专家汇合。路上谷子向我介绍了行程，告诉我这次请了他的好朋友，国家级非物质文化遗产潮州工夫茶传承人、潮州单丛茶制作技艺传承人叶汉钟老师来安排我们的凤凰山之行，并请我们到他在开元广场的茶馆品工夫茶。叶老师从事茶叶事业30多年，是中国茶叶学会茶艺专业委员会委员，第二届中华茶文化年会盛典优秀工作者，也是最权威的单丛专家之一，是一个地地道道的茶人。谷子告诉我们这次大家应该会有收获，除能深度了解茶文化之外，还可以去品尝一下价廉味美的潮州小吃。

在车上我立即上网查阅叶老师的简介，了解到叶老师的原名。叶汉钟，男，1963 年出生于凤凰镇桂版村，国家一级评茶技师，广东省韩山师范学院副教授，中国国际茶际茶文化研究会常务理事，三醉茶网资深版主，潮州市茶叶行业协会副会长。他 1998 年进浙江大学茶学系进修，是浙江大学首届茶学研究生班学员。在八位学员中，他是唯一一位个体经营者，也是广东省唯一一位学员。期间跟随著名茶叶生化专家杨贤强主修茶叶生物化学，跟随童启庆博导修习茶文化学，发表茶叶相关论文 10 余篇。

叶汉钟老师照片

网络上介绍叶汉钟整理了凤凰单丛茶制作工艺，把潮州茶叶制作方法和工夫茶提高到了理论的高度。他对凤凰单丛茶的栽培、加工、审评及茶文化都有较深的研究，还创制了蒸青单丛茶“天逸香”及重发酵单丛茶“醉佳人”。他钟情于茶文化研究，青睐于所有关于茶物品的收藏、制作，把潮州凤凰单丛茶通过互联网推广到了海外。2008年，“潮州工夫茶艺”被收入《第二批国家级非物质文化遗产名录》，而支撑潮州工夫茶艺的《潮州工夫茶艺冲泡技术规程》的主要起草人之一正是叶汉钟。他起草的规程，较好地保留了工夫茶的原始面貌。规程的起草采用“政府+标准联盟+企业+专家”的方式推进，从起草到完成历经半年时间。这个“规程”包含“潮州工夫茶艺”和“商务潮州工夫茶艺”两部分，对茶壶的拿法、茶水比例、烹茶步骤、品饮方法都制定了相应的规范，对商务接待用的工夫茶艺也作了规定，其中包括备器、生火、温壶、纳茶、点茶、请茶、闻香等21道程序。不但讲解了演示方法，也讲解了品茶方法。叶汉钟还录制了具体演示图像，并作广泛推广。规程的发布使潮州工夫茶冲泡程式有“法”可依。看来我们找对人了，这次访茶必定受益匪浅。

我们从广州出发，经四个多小时行程于中午十二点到达潮汕机场，顺利地与叶教授等几位好茶的老师汇合。中午，叶汉钟老师和潮洲中心医院泌尿外科李主任在一家很有特色的潮汕小酒店——彩虹酒家接待了我们。叶老师与我们这帮好茶的医疗界人士一见如故，迫不及待地先以潮州工夫茶接待我们。李主任拿出自己收藏的单丛茶宋种，叶老师即以传统的工夫茶泡之。第一泡暖杯洗杯，房间里即刻飘起蜜兰香；第二泡冲出，潘教授一品，惊叹不已：“这茶好香，怎么这么香？”叶老师说：“这些香味是炒茶时茶里的α-胡萝卜素释放出来的，单丛因其发酵程度不同而有不同香型，所以不同师傅做的茶香气因发酵程度不同而香气不一。”潘教授再叹：“闻杯底更香。”叶老师说：“今天我们好好品品，体会一下单丛茶和潮州工夫茶的魅力”。叶教授问叶老师：“那价值30万1斤的宋种茶听说只有2~3斤，是否真值？”叶老师道：“真正的宋茶即800年前宋帝卫王赵昺喝过的单丛，于1928年就死了，以后人们把其后代，树龄品质优秀的、超过200年的都称为宋种，有1号、2号、3号、4号，现在号称几十万元1斤的还是商业炒作的成分多一点。”李主任插话道：“是啊，现在能喝到老枞宋种就很好了。”看来，宋种并非只有几斤，应该有很多。当然，宋种还是有级别的，产量是有限的。叶教授问起普洱茶与单丛的区别，叶老师道：“单丛的氨酚比普洱茶低，但茶多酚高达39%，儿茶素高，所以茶性较烈，香气足，而氨基酸则普洱茶高，所以普洱茶较甜、厚、润，但香气就差一点。当然，大部分茶种的老树茶水味轻，嫁接茶则水味重。”叶教授给大家普及知识：儿茶素与口腔黏膜结合形成一层膜，人就感觉苦涩，当这层膜化开了则苦转甘。潘教授问叶老师：“一般工夫茶是摆3个杯，但今天你为什么摆4个杯呢？”叶老师回道：“没错，一般是3个杯，但是现在人多可以变通摆到4个杯。为什么3个杯？一生二，二生三嘛，除了品字之说外，在分茶时的关公巡城、韩信点兵是尽量让每个人各取所好，有所收获。潮汕人讲究平衡，不是平均，许多潮汕人生意能成功，是因其从小受平衡文化的深刻影响，运用在生意上，所以容易获得成功！”对啊，中国的潮汕可是出商人的地方啊，工夫茶文化的影响力不可小看！

叶老师为大家泡茶并探讨茶艺

开始吃中饭了，精致的潮州菜又让大家赞叹不已。叶老师又谈起了来源。历史上潮州人多是宋代的中原皇亲贵戚经福建转移到潮州的，所以保留着许多贵族饮食习惯及食品制作工艺。其菜做工精细、考究，菜的味道追求尽量符合每个人的口味，会配备许多酱料供选择，使用酱料多少由自己的的喜好而定。大家品尝到了潮式海鲜、卤水拼盘、甜点、海鲜粥，特别是配料夹刺身吃，让大家了有完全不一样的感觉：鲜、嫩、没有腥味；其芋头、红薯、白果、大枣做的甜点亦让平素不好甜食的何老师赞不绝口。

潮式海鲜及甜点

中饭后，叶老师说大家要抓紧时间赶去凤凰山。我们驱车1个小时到达凤凰山脚，只见路边一块块招牌上的主题十有八九是单丛，我们感觉完全进入茶乡了，山脚下一片片的植物基本也都是茶树，不过都是灌木茶丛。驱车上山，一路上的茶树逐渐变大，逐渐能看到老丛茶树了。

凤凰山的茶树

到了山中，我们在宋种茶业门前停车。宋种茶业（大奄宋种）的老板黄宝国先生，是一位地地道道的茶农，也是目前最大单从茶树的管理人。他是叶老师的多年好友，见到我们甚为高兴，热情地接待了我们。叶老师向黄老板介绍了大家后，黄老板说："叶老师早就告诉我你们要来，你们是尊贵的爱茶之人，今天我就用自己那棵400年古树所产的宋种二号让大家品品。这是现在最大树龄的单丛树所产，品尝后再去看看这颗树。"叶老师强调："今天大家真的有缘分了，我这老友一般不会把他的宝贝拿出来品尝的。"大家围坐在茶桌旁，期待不已。第一泡茶出，立刻满室飘香。一口茶入口，亦立刻便感到满口香、润、甘直入咽中，茶气浓郁，唇齿留香！黄老板强调："宋种2号，有特殊的黄枝香的香味，而且它茶质饱满，香气浓郁持久。"潘教授叹到："这茶真香，真香！特别是闻杯底更香。"叶老师说："水饱满，水漂香，入口留香，味中有香，香中有味，可以闻到香味，而且茶气很足。"我一杯入口，立即打嗝，真爽。叶老师说这个打嗝出汗的原因，是因为这茶能够让人体接受，所以人体就会放松，胃里面的气就会释放出来造成了打嗝，另外出汗也是由于人体的毛孔放松引起。叶教授立即说："我给你打100分，你说得太对了，医学上就是认为打嗝和出汗是由副交感神经兴奋所导致。"10泡茶过，黄老板给大家看茶叶，肥硕油润、生气勃勃的外形，青蒂绿腹红镶边的叶底体现了极品单丛的魅力。众人喝茶喝到了将近20泡时，潘教授说道："哎呀，你看已经泡有20多泡，杯底还是那么香。"叶老师说黄老板这茶能泡五六十泡，甚至可以泡一天，单丛茶里面的茶多酚含量最多，超过了其他任何茶叶，内含物质多。这时谷子在我耳边悄悄说：“黄老板泡茶还是水平有限，这么好的茶，泡出来还是带有一点涩味，如果我泡这茶会更好。”当然啰！好茶、好水，还要有泡茶高手才能泡出一道极品好茶，所以说提高泡茶水平很重要，能让自己品尝到更完美的茶汤。叶老师再次强调：“凤凰单丛茶成茶素有‘形美、色翠、香郁、味甘’四绝。挺直、肥硕、油润的外形，优雅清高的自然花香气；浓郁、甘醇、爽口、回甘的滋味，橙黄清澈明亮的汤色，青蒂绿腹红镶边的叶底和极耐冲泡的底力，构成了凤凰单丛茶特有的色、香、味特点。凤凰单丛茶除具备以上品质外，还具备独特的‘山韵’。所谓‘山韵’主要指滋味而言，是对‘滋味’更深一层的表述，只可意会。这种特殊的‘山韵’是凤凰单丛茶品质的关键，是其区别于其它产地单丛茶之处。究其‘山韵’产生的原因，离不开三个必备条件：一是优越的生态条件；二是良好的茶树品种资源；三是精湛的采制工艺。这样的过程，造就了我们现在所品到的极品单丛。”

宋种茶业的老板黄宝国先生拿出宋种 2 号招待大家

依依不舍地离开大奄宋种后，在叶老师的带领下，我们参观了黄宝国管理的目前乌崬山最大的单丛茶树，众人纷纷拍照留念。看着这棵古树单丛，大家也了解到了高品质茶的来源。一棵棵古单丛树演绎了单丛茶几百年来的生态变化，在高速发展的新时代，人们对茶的追求使凤凰山人更注重单丛茶的发展挖掘，今天整个凤凰山、乌崬山基本上见到的都是茶树。当然，山脚下以茂密的灌木为主的单丛茶与在半山以上的老树古树单丛茶还是有天壤之别。叶老师介绍，古树单丛属小乔木或半乔木，种植上宜每年加填新土，一般生存期有四五百年就非常不错了，现在这棵400多年的大树还非常茂盛，这是因为保护得好的结果。

众人拍照留念后即刻上乌崬山顶参观原来的茶王树。李主任说："茶王已经死了，现在只能看树干了。"叶老师说："是啊，现在是将树干涂上桐油供大家参观。可惜啊！"我不解地问："我们2014年还去看过，当时是大棚围着保护着的，看树叶不太旺，但怎么都不应该会死吧？"李主任叹道："这都是过度采摘所致，那两年这棵树被人以巨款包下，第二年一次采摘了十多斤鲜叶后，茶树就慢慢枯死了，可惜啊！这可是宋茶的第一代子孙，其主人也后悔其一时贪心以致毁了它。"确实是这样，为了一时之利，破坏了大自然所赐，真的是杀鸡取卵的行为！这是对茶人的警示！

沿着崎岖的盘山公路，我们上到了海拔近1000米的乌崬村，只见村里比5年前增加了许多房子。房子都是傍路而建，房门停放的车子及杂物导致道路更狭窄。叶老师提到，单丛茶的热

上图左右：叶教授与乌崠山单丛茶新老茶王合影；
下左：众人合影；下右：古茶树加填新土

销让村民们富裕，但大家的集体观念太差，没有规划好。这时潘教授也说，武夷山的管理和建设就要好很多。一过村庄，我们看到一块山岩上有宋茶两个大字，但岩石旁有一棵用帆布及围栏围着的枯死的树干，周围是许多近500年的古单丛茶树，牌子上写着姜花香。枯死的树使一片茂盛的茶林空了一块。我情不自禁地叹道：“啊，这就是原来的宋种茶王，以前我们看到的茶王树只有留在记忆中和老相片里了！让我们好好地爱护祖宗留下来的瑰宝吧！”下山的路上，叶教授反复跟我说，我们要好好地把这一段写下来，让大家除了喝茶之外还要爱惜茶树，保护好茶树。叶汉钟老师也说道：“是啊！是啊！我也要多跟茶农们宣传保护茶树的重要性”。

乌崇村见到枯死的宋种茶王

傍晚，回到了潮州，李主任、叶老师带着我们品尝了典型的的潮州菜，蚝烙、反砂芋头、工夫汤、潮式叉烧包等众多的潮州小菜小点让大家食欲大振，何老师说这是她吃过最好吃的叉烧包和芋头。叶教授说以前吃的潮州菜都是以大菜为主，想不到一般的小菜小点都有那么好的味道，看来要到潮州才能真正尝到潮州菜的原汁原味呢！谷子说，还有很多好吃的小吃，有时间我们可以去多品品。

饭后，叶老师带着我们去他位于开元寺旁的天羽茶斋。我又上网查了关于天羽茶斋的介绍：在广东潮州牌坊街上，汇集着潮绣、泥塑、金漆木雕等众多独具特色的工艺品，当然更少不了被列入《国家级非物质文化遗产保护名录》的“潮州工夫茶”。天羽茶斋是这条古色古香的牌坊街上最具代表性的一家工夫茶铺。说它最具代表性，是因为它不仅所售卖的凤凰单丛茶品种繁多，工夫茶古典器皿样式最为齐全，更是因为他的主人与工夫茶因缘深厚。

到了天羽茶斋，一上楼，只见茶室里各种古茶具、工夫茶器皿应有尽有，还有许多我没见过的茶具，如煮茶器、功夫茶碟等，整个茶铺古色古香。茶铺里还有一名看似茶童的姑娘拿着扇子在扇火炉煮水。叶教授见景而叹：“王教授啊，我仿佛到了古代啦！这里真有味道，真是品茶论茶的好地方！”叶老师立即招呼大家坐下，开始冲泡今晚的第一泡单丛工夫茶。茶汤一出，叶老师就口若悬河，侃侃而谈：“今晚让大家看看工夫茶的魅力，这茶，通过冲泡，可以让茶或甜或甘或苦涩，或辛或厚或薄。”谷子说：“泡一泡温柔的。”叶老师说：“当然可以，入水决定这泡茶的风格，出汤决定了这泡茶的味道，先给大家泡一杯柔顺的。”只见茶童小妹递上炭烧开水，叶老师用他娴熟地手法冲泡着这泡茶。茶汤一出，大家一品，真的变柔了。叶老师说潮州工夫茶是“潮人习尚风雅，举措高超”的象征，因此形成了很有特色的潮州茶文化。潮州工夫茶是中国茶艺中最具代表性的一种，它是在在唐宋时期就已存在的“散茶”品饮法的基础上发展起来的。经典的工夫茶艺如下。鉴赏香茗，孟臣淋霖：即所谓“温壶”；乌龙入宫：将茶叶用茶匙拔入茶壶，装茶的顺序应是先细再粗后茶梗；悬壶高冲：向孟臣罐中注水，水满壶口为止；春风拂面（刮顶淋眉）：用壶盖刮去壶口的泡沫，盖上壶盖，冲去壶顶的泡沫。淋壶可冲淋壶盖和壶身，但不可冲到气孔上，否则水易冲入壶中。淋壶的目的一为清洗，二为使壶内外皆热，以利于茶香的发挥；熏洗仙颜：迅速倒出壶中之水，目的是洗去茶叶表面的尘土；若琛出浴：用第一泡茶水烫杯，又谓“温杯”，转动杯身，如同飞轮旋转，又似飞花欢舞；玉液回壶：用高冲法再次向壶内注满沸水；游山玩水：也称运壶，执壶沿茶船运转一圈，滴净壶底的水滴，以免水滴落入杯中，影响茶之圣洁；关公巡城：循环斟茶，茶壶似巡城之关羽。此番目的是为使杯中茶汤浓淡一致，且低斟是为不使香气过多散失；韩信点兵：巡城至茶汤将尽时，将壶中所余斟于每一杯中，这些是全壶茶汤中的精华，应一点一滴地按客人的喜好分注，因而戏称为韩信点兵；敬奉香茗：先敬主宾，或以老幼为序；品香审韵：先闻香，后品茗。品茗时，以拇指与食指扶住杯沿；玉液回壶：以中指抵住杯底，俗称三龙护鼎。品饮要分三口进行，“三口方知味，三番才动心”，茶汤的鲜醇甘爽，令人回味无穷；高冲低筛：冲泡第二泡茶，重复第八步动作。

接着谷子让叶老师谈一下他的工夫茶器皿。叶老师给我们介绍了茶桌上及旁边的古代茶具，他指着刚刚用来煮水的炉说，这个炉现在是网红，在网上大家经常可以见到它，是30年前他花 20 块钱淘回来的古董，真不知道是什么时候生产的了，但现在找不到第二个了。他还说到一个乾隆年间的茶壶，壶补了上百个补丁，还有个清代的茶碟。一正二副，是潮州工夫茶的祖宗，正的放茶杯，副的分别放茶壶和冲洗下来的茶水。后来逐渐将正的茶碟放在副碟上，成为了现在的工夫茶具。叶教授不禁笑道："这些古代的储水罐、火钳子、锤子、古家具等许多东西，再配上你的茶童，仿佛把我们带入了遥远的古代，你的茶童好象是天上下凡的仙女，我现在感觉时空还在明清，还没走出来呢！"众人齐声欢笑，是啊！是啊！真的仿佛去到了古代的茶室品茶论茶呢！正是：天羽茶斋访汉钟，茶童小妹映单丛，复古茶舍论工夫，叶公好茶似乐翁。

叶老师用精致的茶具为大家泡功夫茶

第二道茶品的是叶老师储留了 9 年的单丛茶。茶汤甫一出，李主任便说："好香！"何老师却说："茶气很足，怎么放那么多茶叶？"叶老师说这是潮汕人的喜好，老茶客们多喜欢那些浓厚茶气足、烈的茶。以前潮汕人不喝老茶，其实只要保管好，不湿仓的老茶也一样好喝。不知不觉中，茶已经泡到第三道。

我问叶老师单丛陈茶与普洱茶的区别。叶老师说：“今天泡过的茶最多是60~70年的老枞，与你们常喝的古树普洱茶有一定区别，但它的山韵、茶气都不错，另外仍保持着特有的香味，久泡苦涩仍重，快冲快出水则苦涩轻但茶不淡，没水味，回甘好。当然如果是古树，则茶汤更厚。如果是古树单丛对古树普洱，那就有可比性”。我想，今天上了凤凰山，喝到了古树单丛，也了解了单丛的知识。如果就其产量比较，云南的古树普洱茶，量要多很多，而古树单丛的量则要少得多，所以平时真的很难喝得到古树单丛呢！我感觉到，高山古树茶应该是最好的茶。不知不觉中，茶过三道，我们又品尝了一道中茶的七子蓝印普洱，感受了一下不同的味道。普洱茶、单丛茶这两类是我最喜欢的茶，在这古色古香的天羽茶斋里，让我们有了新的感受，实在是感谢叶老师！

品茶、谈笑，岂不快哉？

第二天一早，谷子老师带我们参观了潮州古老的开元寺及中国四大古桥之一的广济桥，并给我们介绍了潮州著名的牌坊街。在这里，潮州的特色小吃应有尽有，熟食类小吃有肠粉、笋粿、灌煎、春卷、无米粿、咸水粿、猪肠糯米、鸭母捻、粿汁、鱼饺、牛杂粿条、牛肉粿条、茨壳粿、尖米丸、炸番薯饼、蚝烙；甜点小吃有豆方、腐乳饼、粟子饼、白皮饼。两位女士首先看上了咸水粿，说道："这道菜造型好漂亮，好吃吗？"谷子说："应该尝一尝。咸水粿是一款历史悠久的潮州传统小食，相传在潮州流传已有几百年的时间。咸水粿由米浆做成，外观像一个小碟子的粿皮，小巧玲珑，中间凹下去的地方盛着菜脯粒，常温的粿加上热热的菜脯粒，交织出特别的口感，粿皮柔软滑润，菜脯粒芬芳咸香，这搭配给人带来一种独特的味觉感受。"5元买了一盒，大家争着品尝，都说好吃。潮州菜脯（萝卜干）上因渗有少量的辣椒酱，合上柔滑的米粿（米糕），口感真好。

接着，到了一家粿条店，谷子说要尝一尝粿条，粿条是大米先磨成汁，蒸后再切成条干拌或者煮来吃，其它地方可能叫米粉，但是潮州的粿条的特点是久煮不烂，另拌粿条浇的沙茶酱和花生酱，味道浓郁非常好吃。其余带汤汁的粿条较为清淡，却十分鲜美。浇头的牛肉新鲜，牛肉丸弹牙，性价比很高。我们分别品尝了不同的粿条，特别是沙茶酱及花生酱拌着粿条，让大家赞不绝口。

中午，谷子又带着我们去了著名的镇记老尾牛杂店吃牛杂，从取号到牛杂上桌，等了近半小时。谷子说，今天还好，平时要等 1 小时呢。牛杂一上，见碗里牛杂粿条量不少，吃进嘴里，感觉到牛杂味道确实不错，一直担心的希望越大，失望越大的情况没有出现。谷子说这牛杂粿条汤，是用牛骨熬出来的，生牛杂就是在牛骨汤里烫熟的，所以那个汤头，融合了牛杂的鲜和牛骨高汤的醇厚，怎么可能不好喝呢？先喝一口汤，汤汁清淡，能品得到药材的香味，牛肉的醇香与铺底的芹菜末相得益彰。这样的搭配，让粿条能带上汤汁的味道，不用调料也觉得好吃。而作为主角的牛杂，有牛肚、百叶、牛肝，另还有牛肉丸和牛筋丸，配合着热汤，牛杂吃起来嫩、鲜、美俱全。这应该是我吃过的最好吃的牛杂粿条吧。

潮州特色小吃：咸水粿、沙茶/花生酱拌粿条、牛杂粿条

至此，2天的潮州访茶、访食游结束。离开时顿觉依依不舍！潮州，我会常来。

台北寻访普洱老茶

王树声

普洱茶有今日之辉煌，与那些令茶人们喜爱的陈年普洱老茶有着莫大的关系。因为老茶有几十年甚至上百年的存放和发酵，茶饼从紧实变得松散，茶性由寒凉转成温和，滋味由苦涩转为甘甜，口感由刺激转成绵软，汤色由黄绿转成红褐……这样的转化过程，每一个时期都有茶品可以证实其变化。现在老茶的存量本来不多，喝一泡少一泡，故随着时间的流逝，老茶会因存量更少而更显得珍贵。因为有可参照的老茶的存在，“普洱茶越陈越香”也被越来越多的人认同。

著名茶人余秋雨老师根据时间将普洱老茶分为3种，即号级茶、印级茶、七子饼茶，这也是业界公认的。所谓号级茶，一般指从清朝末年到20世纪50年代，由私人商号出品的普洱茶，以手工石磨压制为主；而印级茶的时间跨度为1950—1968

笔者与邓耀良教授在台北观光

年，中华人民共和国成立后，私营茶庄收归国有，普洱茶生产也全面进入机械压制的时代；所谓七子饼茶则是1968年中国土产畜产进出口公司云南分公司（以下简称中茶）正式成立后，普洱茶的包装纸上开始统一印刷“云南七子饼”的字样，这个时期大致延续到20世纪90年代初期。可以说，这三个时期出产的普洱茶才算是真正意义上的普洱老茶。

从喜欢上普洱茶以来，我就知道把普洱茶特别是普洱老茶向茶界推广的中坚力量是我国台湾及香港地区的茶人。在20世纪80年代，普洱茶特别是中茶生产的普洱茶许多都流通到香港、澳门和台湾地区，且多是高品质的由勐海、下关茶厂生产的普洱茶。在1995年前，香港、澳门、台湾等地区囤积了大量的老茶，现在的许多普洱老茶，多是这十来年我国香港、澳门、台湾等地区的存货，其中台湾地区占的比例不小。2018年4月，我和邓耀良教授趁去台湾休闲游之际，经茶友介绍，抽空到台北拜访了一些茶道高人，了解了一些老茶方面的知识。现做简单介绍。

一、新北夜访梁俊智

到台北第一天，傍晚时分，我们首先到新北拜访了著名的茶人，《茶艺·普洱壶艺》杂志的总编梁俊智先生。他的茶室座落在新北市中心的老街上。一进茶室，只见上百平方米的室内以茶壶的布置为主，显示了主人有收藏茶壶的喜好，而这些茶壶应该都价值不菲。梁先生等人所编的杂志一直以来都致力于向读者介绍普洱茶（特别是老茶），让人们认识到老茶的价值和鉴别要点。

梁俊智先生的茶室

来到茶室，大家互相寒暄后就围在茶桌旁，品尝 20 世纪 80 年代的云南七子饼茶 8582。梁先生说 8582 普洱茶在业内向来是一种标志性的产品，足以与生茶标杆 7542 相抗衡。其浓烈的口感、十足的霸气、深厚的底蕴，深受广大茶友青睐。8582 中的 85 指的是研制时间为 1985 年，8 代表以八级茶菁为主要原料，2 是勐海茶厂的代号。历史上首批 8582 是 1985 年由香港南天贸易公司向勐海茶厂订制的一种七子生饼，外包装为中茶绿印 8582。这一块茶饼 2002 年时在台湾地区约 400 元人民币就可以买到，但去年在上海拍卖却以 10 万元人民币成交，短短数年升了 250 倍。还有大家耳熟能详的“八八青饼”（即 7542），当初是 27.5 元人民币一片，现在一块茶饼在上海卖价亦达到 10 余万元，涨了 1 万多倍。这些老茶在《茶艺》杂志中也都有介绍，我们看着杂志的介绍和眼前的实物，听着梁先生的讲解，禁不住啧啧称奇。

云南七子饼茶 8582

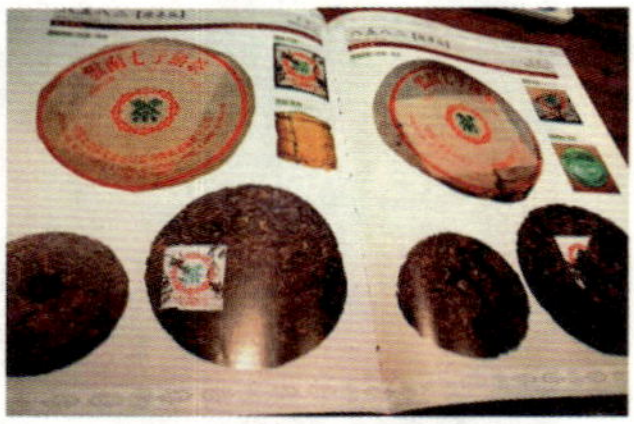

《茶艺》杂志对老茶的介绍

八八青饼

首批 8582 普洱茶，不同于勐海茶厂以往的拼配方法，其选料肥壮，拼配方式不是以芽尖毛茶为面茶，而是以较粗的叶毛芽茶为底茶，其口感醇厚浓烈。如今这批茶很受藏友追捧，但市面上十分罕见。另外勐海茶厂在 1996 年和 2005 年分别又出了两批 8582，亦成为了当年的标杆。8582 总的来说，是一款真正能代表普洱茶用粗壮原料展示魅力的茶品。梁先生请我们品了这泡 30 多年的老茶，只见茶汤酒红透亮，面泛油光，有梅樟香，水性柔软顺滑而醇厚；茶质厚重，回甘生津持久，叶底鲜活饱满油光闪亮。梁先生说，这茶泡 40 泡一点问题都没有。此茶经多年存放，逐渐转化，口感浓烈，茶质浑厚有力，一二泡时的香气、韵味与红印十分相似，茶气足，醇厚、香甜，受到许多爱茶之人的喜爱。

品着 8582，梁先生继续给我们介绍 7542。这款茶是 1975 年的配方，是勐海茶厂的传统配方，亦是 1975 年开始拼配的首批规范配方之一。在 20 世纪 80 年代后期，商标法开始实施，茶厂的生产更加严格，所以产品质量也更好。特别是经几位著名茶人的介绍后，近几年更如日中天。这些在 1988 年到 1992 年生产的 7542 都被统称为“八八青饼”，这几年来大受茶人追捧。他说，想想我们 6 年前所知道的价格，现在起码翻了两番。介绍完 20 世纪 80 年代的两个著名品种，梁先生拿出了他所编写的 2003 年的一期《茶艺》，讲起了印字茶的来历与鉴别。

根据云南中茶公司的记载，1941—1949 年佛海实验茶厂的茶品，大都销往印度、泰国、缅甸等地，部分再转运到中国香港地区，这时期的茶品也大都没有包装纸，但每饼皆放置八字中茶内飞为记，这一批储存在中国香港地区各茶楼的普洱茶品，就是现在中国台湾地区炙手可热的无纸红印的典藏品。中国茶业公司于 1951 年 9 月 14 日注册“中茶牌”商标，注册商号为 8071，同年通知全国直属茶叶公司统一使用。商标设计为外侧 8 个红色的“中”字，内侧为绿色的“茶”字，坊间称“八中茶”，有着“中国茶叶销往四面八方”之涵义。在此之后，中茶圆饼正式以全红或全绿字体包装，即为红印或绿印（又称为蓝印），每筒装 7 饼，每饼皆用纸包装。此为延续至今的印级茶。在中华人民共和国成立后，中国茶叶公司云南分公司生产的普洱圆茶就是红印，特点是全部字体都是红色，其内飞亦是八中图标，红印圆茶又称现代普洱贡茶。这茶品质很好，亦属现代普洱茶中的上乘之品。除了茶菁肥硕，条索饱满，颜色粟红，茶面油光、茶汤透红及叶底柔软新鲜外，还使用古老制作工艺，使茶汤厚醇，有兰香和樟香味。20 世纪 50 年代生产的红印于 20 世纪 60 年代初期在香港地区已经卖到了 60 元港币一块，当时香港地区的一个茶楼的服务员月工资大概是 27 块港币，可见当时这个茶已经是一个奢侈品。现在，这红印字普洱茶已经卖到了 60 万到 80 万人民币 1 饼。蓝印名称的由来与红印相同，其称谓源自于台湾地区市场（早期在香港地区称为绿印），是继红印圆茶后，最受市场认同的国营厂产品。蓝印有陈年梅香味，单一且强劲，有药香，口感上只有单一茶韵，在度过青涩期以后展现出纯度，有一股迷人的风韵。从 1968 年第一届中国进出口商品交易会（广交会）开始，茶厂生产的供出口的茶，包装改为黄色八中，名字也改为云南七子饼茶，包装纸上同时出现英文，但是其内飞上的颜色仍为绿色，这就是“七子黄印”的开始。在“七子饼”中，以勐海茶厂生产的“黄印七子饼”最具代表性。普洱茶从红印到黄印的改变也大致以“文革”开始为界线。勐海茶厂的现代绿印普洱茶茶品即“黄印圆茶”，被称为现代拼配茶菁的普洱茶品始祖。由于毫头多，黄印圆茶陈化后都转变为金黄色，呈黄色，故其外包纸标记 8 个红色“中”字，组成的圆圈中“茶”字并非一定为黄色。

无纸红印圆茶、甲级红印圆茶、蓝印圆茶及七子八中黄印圆茶

梁先生继续跟我们讲了20世纪70年代的砖茶市场上的“文革砖茶”。“文革砖茶”并不是特指某件商品的名称，也并非以简单的年份而论，而是泛指1966—1976年早期在台湾地区普洱茶市场上销售的各式熟砖及生砖茶品。“文革”类砖茶的族系中，生茶系包含了景谷实验砖、7562下关砖、枣香厚砖，熟茶系则有73特厚景谷砖、73厚砖、73参香砖、73樟香砖、79景谷砖等。七三厚砖是“文革”砖熟茶的代表性产品。

梁先生说云南普洱熟茶的正式生产应该是在1970年左右，但是在20世纪二三十年代普洱茶的流通过程中已经发现有熟茶（热茶）存在。普洱茶受潮后再干燥并反复的过程也是逐步陈化的过程，而陈化后的普洱茶与新鲜的普洱茶有明显的差异，

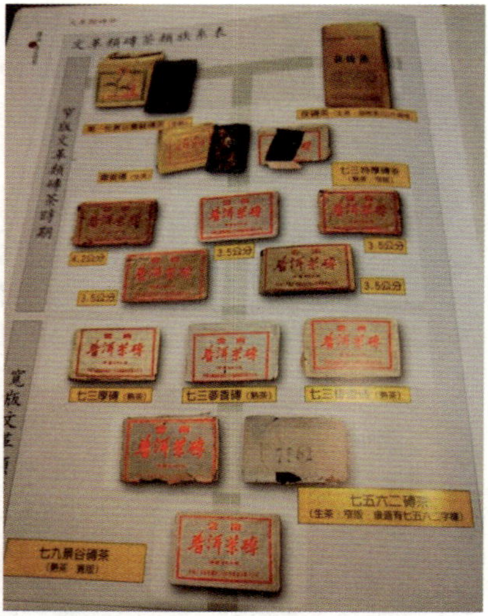

“文革”类砖茶的族系

如在几十年前香港地区仓库存放的普洱茶陈化就特别明显。陈化后的普洱茶有明显的红汤，茶汤醇厚，深受香港、台湾地区的茶客所喜爱。香港地区的特点就是高温和高湿环境，这种环境让普洱茶的陈化更快，让普洱茶能更早地投入到喜爱这些陈化普洱茶的市场中。在20世纪60年代，广东省茶叶进出口公司也注意到香港地区市场的需要，开始研制将普洱生茶发酵成熟茶的工艺，并成功生产了这种红汤普洱茶。所以应该说早期的普洱熟茶是在广东生产的。1973年初，云南省茶叶公司在广州交易会上了解到，香港地区客户喜欢发酵的红汤普洱茶，而广州茶厂有相关生产技术。于是派出勐海茶厂、昆明茶厂、下关茶厂人员组成7人小组，专赴广州茶厂学习，并研制出潮水渥堆技术。初步完成的试验茶品也就是坊间所谓的“枣香厚砖”，量产茶品则为“73厚砖”。这批熟砖茶是云南景谷茶厂采用勐海地区5级粗老茶菁为原料，并添加少量红茶碎末，经人工渥堆发酵、压制而成的。其粗大梗条较多，碳化明显。生产时的规格为13.5厘米×8.5厘米×3厘米，后来因存放发酵变得蓬松，规格也因此而增大，单砖重量约为250克。当时专家们感觉茶味很差，认为该工艺失败。该茶因此一度因无人问津而堆放于仓库角落，干仓长期存放。但后来有人发现经过长期存放后，这些“73厚砖”的外形十分美观，冲泡时常可见一些茶菁，不易冲散，经久耐泡，汤色呈明亮的琥珀色，有独特的药香和沉香味，舌感厚重而回味甘醇。且叶底有明显碳化现象，伴有少量的粉末状茶末碳化物。业内人士认为“73厚砖”由于生产工艺及自然发酵过度等因素已失普洱茶的本性，但其味独特，堪称茶中之极品。有人认为该茶品是一味极好的中药，对诸多病症有辅助疗效。目前市场上所见的“73厚砖”大多为较后期产品，没有最早那批的独特味道。从“73厚砖”开始，云南的茶厂便掌握了普洱茶的渥堆发酵技术，其后普洱茶的生产，基本上都采用了渥堆发酵技术。20世纪70年代的普洱茶以熟茶为主，当时云南几大茶厂生产的普洱茶90%是熟茶。所以值得注意的是，在普洱熟茶生产进入大规模的时代，生茶只是部分留在云南当地消费的普洱茶和部分销边的茶砖。当然，这些生茶现在可是珍品。

至于如何鉴别不同时期的茶砖，梁先生自豪地说：“我们的第一册《茶艺》上已经告诉了大家，茶砖多是20世纪70年代以后生产的，在包装上，1973—1978年的茶砖，其繁体字“磚”上的“田”字左下角是带钩的，1979年以后的就不带钩了。这是个鉴别要点。你

73厚砖

看这1979年的代表景谷熟砖就不带钩子了。而1979年茶砖的价格只是1973年的一半左右。所以带钩的价格特别贵哦。”邓教授说：“那我要回家看看我的几块砖有没有带钩才行。”我也顿时觉得今天不枉此行啦，今天学到的知识，起码对“文革”砖茶的鉴别有很大帮助。接着，梁先生让我们再仔细看看杂志上的“文革”类砖茶的族系图，让我们对20世纪70年代的茶砖分类概况有了进一步了解。仔细琢磨研读了这本杂志，让我们对老茶砖亦略知一二了。此时天色已晚，我们依依不舍地告别了梁先生。

景谷熟砖；繁体字“磚”上的田字左下角不带钩子

二、台北广方圆茗茶厂品铁饼

在台北附近游玩几天后，回家前一天晚饭后，我们经朋友介绍去位于台北中山北路的广方圆茗茶厂，拜访其创始人汤玲娜女士，大家都尊称她汤姐。20世纪80年代，只有20多岁的汤姐就与她先生一起开始经营茶，并创立了广方圆茗茶，目前以经营普洱老茶、台湾高山茶、制作自己品牌的茶叶及茶具为主，也销售凤梨酥、茶酥等茶点。朋友说可以带我们去她的茶店，品尝一下她收藏的20世纪70年代的无纸铁饼（亦叫后期铁）及购买凤梨酥。知道这一消息，我们这几个喝铁饼较少的人很是高兴，我赶紧上网查了一下关于铁饼的知识。

余秋雨老师对普洱印级茶的排序前五名分别是：大红印、甲级蓝印、红印铁饼、无纸红印、蓝印铁饼。其中有两个都是“铁饼”。所谓“铁饼”，就是用金属模具直接压制成型的饼茶，因为机械压力大，茶饼压制得非常紧实，坚硬如铁，故而得名。压制铁饼无须将蒸软的毛茶装入布袋，而是直接将干毛茶装入金属甑子，然后上蒸汽蒸软，用金属模具直接压入甑子，紧结后倒出。相比传统的泡饼压制工艺，压制铁饼减少了装布袋、入袋揉压、拆布袋的程序，能够有效缩短压制时间，提高生产效率。因为装茶的甑子需要直接上蒸汽，所以甑子底部有许多洞眼，直径 5 ～ 6 毫米，经过重力压紧以后，茶饼的背部会出现一个个凸起的小乳钉，而不像一般的七子饼茶有一个背窝。一片 357 克的铁饼大概会有百来个乳钉，根据模具的不同数量也有所差别。另外，铁饼没有入布袋揉压，就不会有泡饼的“泥鳅”。

在资源匮乏的计划经济时代，一项工艺改革能够提升生产效率，对于一个茶厂的意义是非常重大的。国营时代的下关茶厂在生产技术革新方面始终都走在前列，早在 20 世纪 50 年代，甚至更早，下关茶厂就掌握了压制铁饼的技术和设备，并于 20 世纪 70 年代就开始生产紧压茶饼。由于压制出来的茶饼圆润坚硬，所以人们称之为“下关铁饼”，该时期生产的产品都用油墨在包装纸上印“中茶牌”商标，是云南省下关茶厂为中国土产畜产进出口公司代加工的产品（当时的云南省下关茶厂归属于中国土产畜产进出口公司云南省分公司）。1986 年，紧压茶压制机工艺改进后，云南省下关茶厂开始批量生产 8653“下关铁饼”并销往日本、中国香港等地。1987年及1988年，由于普洱茶市场滞销，厂家暂停生产。1989年，厂家的库存逐步清空后，恢复生产。2000年，厂家开始生产带有汽钉的平板“下关铁饼”。2005年，按照茶叶的等级拼配，生产各种型号的紧压茶饼，并逐步发展演变成现在的各式各样“下关铁饼”。“下关铁饼”因在加工成饼时的模具外部压力较大，成形后较一般云南茶饼（泡饼）更坚硬，饼形圆润，线条明朗。因此下关铁饼内部的茶叶条索空隙少，与空气接触面相应更小，茶叶更适合长期存放和转化，更有利于其内含物的保留，陈化后的茶汤口感更加甘甜，胶质丰富，滋味醇厚，层次分明，茶气足，有花蜜浓香（梅子香）。

下关铁饼

到了广方圆茗茶店，汤姐与她的先生即广方圆的董事长陈先生还有其大儿子一起接待了我们。汤姐一看就是一个优雅而实在的茶道中人，个头不高，一眼望去感觉不到50岁的样子。但她介绍她的大儿子时我和邓教授都很惊讶，这位怎么是她儿子？起码有35岁了吧？奇怪了！后来才知道，汤姐竟然快60

岁了。看来做茶的人身心愉悦，青春永驻呢。一进店里，见店面不大，但摆设精致，突出的是普洱茶及台湾地区的特色茶，店里有3张茶桌，已有一桌客人在品茶。茶桌子上有一精致的小方形木茶盘，上面刚刚好可以容上一个陶茶壶，旁边有公道杯、茶杯，特别的是还有一个盛水的大茶碗。这茶具的桌子旁放置着一个茶炉及铁壶，这让我感觉到有些复古的味道。

笔者与广方圆茗茶店汤姐会面并参观茶店

汤姐的大儿子陈公子笑着说今天由他来负责泡茶。30多岁的陈先生自16岁开始喜欢茶道，已经有20年的茶业经验。汤姐首先给我们介绍了这套茶具。这是他们喜欢用来泡老茶用的茶具，而这个小方形木茶盘是他们自己定制的，用一种阿里山的老树木整块做成的，适合于干泡普洱茶，亦方便随身携带。其泡茶时的剩水倒在茶碗里，而铁壶加茶炉则保证了泡茶的水温达到100℃。

这时，陈公子拿出了无纸铁饼给我们看，说今天就品尝一下这铁饼。我们看到这饼茶无包装，只有广方圆的标签，茶饼压制得非常紧实，茶底没有乳钉，猜想应该是早期产品，都非常期待品尝这难得的老茶，只见陈公子熟练地用桌面上那个有一定年份的陶茶壶泡出了第一泡、第二泡茶，这两泡均为洗茶。入水后壶面再淋水，即见水蒸汽从壶面上蒸出，立刻倒出汤。看来这不起眼的壶保温性好，特别适合高温泡茶。第三泡茶开始让我们品尝了，只见茶汤的汤色像中药汤一样，透亮如上好的红酒，茶汤在茶杯上显露出漂亮的金环，这可是好的生普老茶才有的汤色，同时，茶汤及壶盖上已经闻到浓浓的陈香味，还有一股特殊的药香，樟香味。茶汤一入口，苦涩陈味俱全，但和一些湿过仓的茶不一样，这茶没仓味和杂味，但涩感明显留在舌面。我与邓教授对视一笑。他说："紧开口，慢开言。"我也笑道："好茶要慢慢来品。"第四泡茶苦涩味仍重，这时我想到了以前喝过的83铁，刚开始时的味道很像，都是苦、涩、陈、有梅子味，但这无纸铁饼茶汤更浓，陈味、樟香味更浓。这时，口腔中茶的涩味起了变化，苦涩全消，满口转甘甜，口齿生津。真是好茶！汤姐说："你们先看看泡开的茶底。"只见茶叶明显是自然发酵后的样子，即茶面油光闪亮，叶色仍带青绿，茶叶活并厚，茶梗较少。汤姐说："好的在后面呢，再继续喝吧！"接下去，我们感受到了这茶泡到五六泡后苦涩味逐渐消退并转甘甜，10泡以后则以甘甜滑润为主，茶汤醇厚，带有木香，仍有点梅子味、老茶味。当然从开始到后面都陈味十足，口底生津，甘润度好。据我所知，铁饼普遍是刚开始苦，但后面很快就转化为甘、甜、润并不断地生津。汤姐说："对，的确是这样，特别是这些老茶更甚，转化快，陈味十足。”再看这已泡近20泡的茶汤，与前面比较，不像中药了，但更像红酒了，茶汤更透亮，而且金环仍存，很香甜很清爽。我情不自禁地喊道：“好喝！好茶！真的是茶中极品！”

陈公子为我们泡茶

汤姐介绍这铁饼的茶底是以勐海的茶为主，以前的老茶应该是勐海及易武的茶底是最好的，像今天喝的这样的好茶应该给懂这些茶的人来分享，不懂的人喝了就浪费了。邓教授说：“难得来台湾喝到这么好的茶，这茶真好喝，好甘甜，开始苦得像中药，但很快就又甘又甜，满口生津。感谢汤姐让我尝到了这么好的茶，像我这不太懂茶的人亦体会到了它的好。再看看茶底，哗！油头滑面的，一直喝都有陈味，好喝好喝，这茶以后肯定很难喝到。”汤姐笑着说：“你找我就能喝到了。”我喝着这茶，不停地打呃，感受着这霸气十足的茶气，口中的苦涩逐渐消退并转甘甜，陈味十足，口底生津，甘润度好。我说：“这茶如果再放 20 年就是极品了。”汤姐说：“当然了，这茶比 83 铁饼老，应该是 20 世纪 70 年代的，再放 20 年就是红印级了。我们曾经品了 20 世纪 50 年代易武茶底的老茶，比红印好喝。老茶泡时要珍惜，这茶泡几十泡后再煮亦非常好，糯米般的甜，陈味仍明显。”陈董事长补充道：“这茶拿一小块用铁壶煮亦非常好喝。”

左图为无纸铁饼；右上为茶汤及茶底；右下分别为第 3 和第 20 泡茶茶汤

我好奇地问陈董事长这些茶的来源。陈董事长兴高采烈地向我们介绍道，其实老生茶好喝是香港地区的大茶楼发现的。当初香港地区的大茶楼购买了大批普洱茶后堆放在仓库里，喝茶当然从最表面的拿。随着时间的推移，人们喝到了放在里面的已经是许多年以后了，这时发现这老茶的味道特别好，从此老茶逐渐被茶人们追捧。陈董事长介绍道："这些老茶大多是20世纪八九十年代从香港地区收过来的，特别是80年代以前台湾地区对祖国大陆产品限制，所以很多茶的包装都剥掉了才能运到台湾地区，这就是台湾地区很多的老茶都是无纸包装的原因了，今天喝的就是无纸铁饼。"邓教授再问："普洱老茶在欧美好像没有吧？"陈董事长说："没有，普洱茶主要在中国香港和东南亚流通，但是在20世纪90年代，香港地区很多茶楼的老板将放在仓库里的陈茶卖出。当时韩国及日本的很多商社如三星的懂茶之人收了很多老茶，我们去收的价钱也很实在，像那些红印绿印铁饼一收就每种收上千片以上。这些普洱茶放在东南亚等地方，易受潮，受潮厉害很多就坏掉了，但如果起白霜后立即将其放在干燥的地方后则还是好茶，起黑霜就不行了。而到了十几年前就炒起来了，不同了。这时祖国大陆就有很多懂普洱的茶行到香港、台湾地区收这些茶，这茶亦从十几、二三十年的茶变成了三五十年的顶级茶了。"陈董事长回忆一下他第一次去云南参加普洱茶学术会议时，云南都是喝新的生茶（青茶），都是用大玻璃瓶泡，所以懂老茶的都在港、澳、台地区及广东。他继续说："喝老茶很贵，但比起喝法国红酒就便宜多了，一泡茶能喝几十泡，喝一天，而一瓶红酒2小时就喝完了，顶级的法国红酒100万（台币）一次就喝完了，最贵的老普洱需要1200万台币一片（宋聘红标），但能喝30～40泡，一泡就20多万吧，一片能喝一两个月，喝一泡顶级茶是喝一天。所以老茶的性价比很高。不过这茶是喝一片少一片，而且卖普洱是要凭良心的。"从他的话我感到了他是一个真正的茶人，应该给他点赞。邓教授感慨地说："难得喝到这么好的茶，要感谢你们！"

品茶中，汤姐介绍她的广方圆凤梨酥，是她们用特选的菠萝制作，一般1个菠萝只能做3个凤梨酥，全部是真材实料做的。大家立刻品尝一下，细品之后大家赞不绝口，纷纷表示这应该是到现在为止吃到的最好的凤梨酥了，大家立刻采购了不少，这是回家后最好的手信，可以让亲朋好友品尝一下。从整个品茶过程中，我亦见到了他们的特制小方木茶盘的优点，订购了几个回家用。

愉快的品茶之旅，让我们不虚此行。

伊斯坦布尔的异域茶风

刘浩然

世界上最喜欢喝茶的是哪个国家？中国、爱尔兰、日本，还是英国？如果从茶叶总量上来看，中国一年消费 7.26 亿千克的茶叶，毫无疑问是最大的茶叶消费国，但是一提到人均两个字，这个座次可就要往后靠了。中国的年人均饮茶量为 0.56 千克，在全世界仅排在 19 位，而土耳其以人均 3.16 千克稳坐茶叶界的头把交椅，也就是说每个土耳其人一年喝茶量可达 1250 杯。土耳其人用最简单的告白方式表达了他们对茶的钟爱。

16 世纪的奥斯曼帝国军功鼎盛，国土面积跨越了欧、亚、非三洲，控制住东、西方贸易路线。当时的土耳其并不生产茶叶，茶叶是作为贡品由丝绸之路进贡而来，之后茶叶在土耳其逐渐流行，一套独具特色的茶文化由此形成并世代流传。土耳其俗语说：“Caysiz sohbet，aysiz gok yuzu gibidir。”意为“交流中没有茶，就像没有月光的夜空那样寂寥”。

得知能有幸随叶老师一同参加在土耳其伊斯坦布尔举办的第七届国际尿石联盟年度盛会，我们都抑制不住万分喜悦的心情。在乘坐了10小时的飞机后我们终于踏上了素有东西方桥梁之称的伊斯坦布尔，还未出机场我们就忍不住好奇心品尝了一杯苹果红茶。茶汤入口极为温润，瞬间把跨越半个地球的疲惫一扫而去。第二天聆听完来自全球结石泰斗们带来的最新学术进展以及学者之间的精彩交流后夜幕就已降临，大家都迫不及待想探秘独具土耳其风情的红茶和水烟。在叶老师的提议下我们来到了伊斯坦布尔著名的Lulu Lounge茶室。

品茶之前，首先要了解当地的茶文化。在土耳其，茶叫作cay（Cai），发音类似中文的茶“cha”，其茶文化追根溯源起源于中国的古丝绸之路。早在数百年前，中国的茶叶就通过丝绸之路远行来到了欧洲。而土耳其作为古丝绸之路的终点，将茶引进国内并传承下来的同时，又形成了一套独具土耳其特色的茶文化。对于土耳其人来说，茶不仅仅是一种芬芳的饮料，还是一种必不可少的社交催化剂，如不论是上班、聊天、闲余、餐后，都会喝一杯红茶。与中国人不同，土耳其人喝红茶很讲究调制工夫，要将红茶煮到色泽呈红明艳丽、香气醇厚扑鼻，才算煮到了火候。煮茶时分别使用大、小两把母、子茶壶，大茶壶在火炉上煮水，小茶壶放有茶叶。等到大茶壶中的水煮沸后，就将沸水倒进小茶壶里。将小茶壶里泡的浓茶分别为各个客人斟入半杯，再将大茶壶的开水续在各个茶杯里。土耳其人喝茶用的是腰窄肚宽的金香玻璃杯，形似女人婀娜的身姿。茶注入杯后呈宝石红，色泽黑褐油润，滋味醇厚鲜甜，晶莹剔透，优美精致。茶店老板为我们准备了方糖和柠檬，可以根据自己的口味喜好在茶中加入，使茶汤更为温润，也可以将一整块方糖含在口中，在糖缓缓融化的同时饮一口茶，感受味蕾上苦与甜的碰撞。

叶教授及笔者在 Lulu Lounge 茶室

正品茶时，一股浓郁的烟草伴着水果的甜味扑鼻而来，原来是帅气的土耳其小哥为我们抬上了特色水烟。在给顾客之前服务员都要先抽几口，为的是让烟丝充分燃烧。小哥还为我们表演了他的绝技“吐烟圈”，大家纷纷拍手称绝！随后他把不同颜色的烟嘴分给大家，方便我们尝试不同味道的水烟。叶老师和王教授轻吸一口，我们便听见“汩汩”水声，他们微微张嘴，只见袅袅烟雾升腾而出，再伴一杯红茶，烟雾中恍若时光倒流，转眼间来到了古老而神秘的奥斯曼帝国时代，一天的疲惫感瞬间消失殆尽。土耳其水烟和中国的水烟筒其实有异曲同工之妙，不同的是土耳期水烟烟草的含量只有1/3，其余则是各种果味香料。热源来自铜盘上的木炭，香料与烟丝产生的烟雾通过一根金属管连通到玻璃罐内，混合着罐内各类鲜果味，经过水的过滤最终被吸到口中。我平时不吸烟也没有抽过水烟，在叶老师的指导下，我深吸一口，伴随着“咕噜咕噜”的水声，浓浓的白雾和清新的果香从嘴里飘散出来，好不快活，瞬间让我顿悟，纵使世事变迁，帝国风云震荡，在伊斯坦布尔这座古老城市中，只要有水烟和红茶的陪伴，人们便会沉浸于“汩汩”的水泡声与缭绕的茶香中，安详又静谧。大家手握一杯香浓的红茶，抽着水烟，畅谈着人生，真是茶不醉人，人自醉。

茶室中众人品茶；叶教授及王树声教授尝试特色水烟

作为一个千年古城，曾经东罗马帝国和奥斯曼帝国的首都，这座城市已历经沧桑巨变，东方与西方、传统与现代、宗教与世俗，在这里此消彼长，相互糅合。奥尔罕·帕慕克曾说：“追求故乡忧郁的灵魂时发现了文明之间的冲突和交错的新象征。”

虽被博斯布鲁斯海峡分为了两半，但这却是一座多文化融合的熔炉。想到这里我便再也无法入睡，想一睹这座历史古城清晨的面容。凌晨6点时的伊城仍是黑夜，我们的住宿地就在塔克西姆广场，离海边不远。我怀着激动的心情步行来到了加拉大大桥，太阳从博斯布鲁斯海峡东岸和小亚细亚半岛的山间缓缓升起，晨光穿过冬日厚厚的云层，泛着金光的博斯布鲁斯海峡、蓝色的清真寺圆顶、海湾商船竞渡的剪影，让我突然想起了奥尔罕·帕慕克的“假使这座城市诉说的是失败、毁灭、伤感和贫困，博斯布鲁斯则是歌咏生命和幸福，伊斯坦布尔的力量来自博斯布鲁斯”。此时此刻风景如画，这不是帝国的破败与忧伤，而是明媚晨光下充满活力的一幅画啊。

从天还没亮直到夕阳西下，从繁忙的周一到悠闲的周末，加拉大大桥上总少不了垂钓者们的身影，数不清的钓竿挂在桥杆上，只待愿者上钩。垂钓的人会三三两两聚在一起烤火聊天，走近时土耳其大爷还主动把鱼竿给我说帮我拍照。虽然不能用英文交流但是洋溢的热情瞬间消除了国籍的隔阂，一阵寒暄过后，大爷邀我品尝他在一旁用铜壶煮得正“咕咕”冒气的红茶，虽只是用纸杯盛，仍能看得到汤色红艳透黄，香气浓郁带甜。垂钓的人们虽然都穿了厚厚的棉服，但早晨的海风仍寒冷刺骨，几口红茶下肚整个身子也慢慢暖和了起来。这使我深深理解了土耳其人对红茶的痴情，一片小小的茶叶融入了人们生活的每个角落，牢牢维系着亲戚朋友之间的亲密关系。

在加拉大大桥的壮观清晨下享受垂钓的乐趣

告别博斯布鲁斯海峡，第三日会后忙里偷闲，我们来到离会场不远的独立大街，它是伊斯坦布尔最繁华的“香榭大道”。在这里不仅能够感受到属于现代的浪漫和繁华，更有历史的沧桑与深刻。独立大街从塔可西姆广场一直延伸到热那亚社区，在这短短三千米内有各式风格的建筑，挤满了各种各样的店铺、咖啡厅和甜品店。红色怀旧的有轨电车是独立大街上一道靓丽的风景线。上车后旧式叮叮的车声就让我有一种历史的错觉，仿佛乘着电车叮叮当当地穿梭于君士坦丁堡千年的遗迹当中。在这里除了逛商场的年轻人，还能看到当地人慵懒地端着茶杯，与朋友一起聊天，享受午后时光。处处都可以看到提着茶盘，串街走巷送茶的服务员，只需吹一吹口哨打个招呼，附近茶馆的服务员就会手托一个精致的茶盘，给你送上一杯热茶和方糖。路上还有伙计不断地吆喝着卖茶给过往客人，整条街都能听到茶匙与茶杯碰撞的清脆响声。

路上，我们看到了土耳其最有名的的甜品店“MADO”，当然要坐下来歇歇脚，品尝一番土式的下午茶风味。一进店，羊奶原味、酸樱桃、无花果、蜂蜜等几十种口味的冰激淋引入眼帘。土耳其人对羊奶有着一份不解的情愫，神话中牧羊人安迪密恩为了与希腊月神瑟莉妮幽会而忘记了挤羊奶，恣意横流的羊奶覆盖了整座丘陵，形成了今日的土耳其棉花堡，羊奶便顺理成章地成为土耳其国宝食材之一，我选了原味和蜂蜜两个口味外加一杯红茶。土耳其冰淇淋比普通冰淇淋更耐嚼一些，有点像奶糖，丰厚柔滑，淡淡的羊奶香，口感温润，甜味中略带微酸。此时细品一口红茶，舌尖冰与火碰撞之时，好似已然陷入柔滑的流沙中。再看身边的当地人也都边喝茶边吃冰淇淋外加小点心，比如馅饼或者芝麻面包圈。土耳其人，无论是在家里还是在餐厅用餐之后，都是人手一杯红茶，这红茶仿佛就是建立友谊的纽带，与土国人的生活密不可分。

独立大街街景及 MADO 甜品店

之前在网上搜到一家名叫“Aga Kapisi”的网红红茶店，我们跟着导航来到苏莱曼尼耶清真寺附近的居民区，沿着小巷一直找，却老是找不到，感觉越来越偏，以为是导航出错了。不料一转弯突然间柳暗花明，店家的招牌一下引入眼帘。进门一看，茶店的装潢充满了欧洲格调，大厅休息区旁有一个壁炉，客人们都围在附近边饮茶边谈天说笑。店家茶饮的品种也是多种多样。店家说最常喝的有柠檬、樱桃、玫瑰红茶。茶店旁边还有一个柜子，摆满了 100 多种草药和红茶一起搭配成的各式

在红茶店 Aga Kapisi 里享受惬意的午后

药茶，每种茶都自带“神力”，如可以健胃消食或帮助睡眠。顺着房内古老的楼梯一直来到露台，风景简直美极了，不枉我们探寻了这么久才找到这里。面朝博斯布鲁斯海峡，背靠苏莱曼尼耶清真寺，一眼望去把伊斯坦布尔亚洲和欧洲两区尽收眼底。轻轻的海风拂面而来，端着土耳其传统的郁金香造型的红茶杯，放两块方塘，品一杯芬芳而醇厚的土耳其红茶，也是另一番异域风情的体验。和邻座的土耳其年轻帅小伙交流了一会儿，得知他经常闲来无事就会来这里点一份红茶、一份水烟悠闲地度过一个下午，享受海风和红茶带来的静谧。此时的我也完全陷入了伊斯坦布尔带来的视觉和味觉的双重愉悦当中，一杯红茶，一片碧海蓝天，也许这种感觉就是为什么土耳其人钟爱红茶的原因之一吧。

感谢叶老师为我们提供了这次踏足土耳其的学习之旅，也品味了难忘的土耳其红茶。多元的文化让这座城市变得丰富多彩，就像一种混乱的多米诺效应，让人琢磨又流连忘返。虽是短暂的旅程，但这却是我人生不可忘却的回忆。

在京都品日本玉露茶

陈　宏

那日在日本，跟先生一起游玩了清水寺，下山时，在产宁坂闲逛，经过一家据说有近百年历史的京瓷·清水烧陶瓷艺术品专卖店，进店就被一款笔画细腻、釉色丰富的彩绘香炉吸引了。问店家得知，香炉是一位叫智泉的名师的作品。店家看我爱不释手，自然没有打折的理由。我忍不住还是把它买了下来。同时还买了一个具有日本风格的品茗杯。炉和杯提在手上，心里美滋滋的。我跟先生说："我们吃茶去吧。"

来日本之前，我了解到湖北恩施的玉露茶叶在全国的茶界大有蒸蒸向上的趋势，于是很想去品品日本的玉露茶，亲验一下相隔万里的日本玉露跟中国湖北恩施产的玉露茶在口感上、冲泡上、视觉上有什么不一样。所以我们要找的茶屋并不是表演茶道的茶屋。

京都浅水寺附近被陶瓷香炉和品茗杯吸引

在去祇园的一条很安静的小路上，我们找到了符合我们要求的茶屋。茶屋不大，设有两个区域，进门的区域有点类似于现代的卡坐，大概有 4 张桌子，卡坐的后面搭起了一个台阶，大约有四叠半塌塌米，放了两张小桌子。茶屋的主人是一位约摸有 80 多岁的老奶奶，戴一副老花镜，慈眉善目。她笑容可掬地跟我们打招呼，问我们喝什么茶。我们说玉露茶。于是我们就被请进了后面的榻榻米上。这个茶屋倒是有点与时俱进的创新，前面的卡坐，是给累了的游者进来喝一杯茶吃小点心的，后面台上的榻榻米是给人体验日本茶，坐下慢慢喝的。老奶奶问我们，是自己冲泡还是要她教我们怎么冲泡。我们当然选择要她示范指导啦！过了五六分钟，老奶奶和另一个年轻姑娘端出了两个托盘。托盘置于桌子上，盘上装着茶则、茶荷、品茗杯、山水图案的青花瓷盖碗、水方、一个装满开水的陶壶。还有一个沙漏，以及一碟日式茶菓。对于那沙漏我很是纳闷，就要身兼翻译官的先生问老奶奶是做什么用的。老奶奶笑而不答，说一会就知道了。

精致的茶具

在老奶奶的指导下泡茶

我们席地而坐，开始泡茶了。按老奶奶的指导，我先用陶壶里的水把品茗杯、盖碗一一用开水烫一遍，将水倒入水方里。然后将茶则里的玉露投入到盖碗中，再缓缓注入开水。这时一股淡淡的清香从盖碗中飘荡出来。老奶奶说："盖上茶盖，把沙漏倒过来！等沙漏漏尽，就可以喝第一泡了。"老奶奶告诉我们，这个沙漏是计 3 分钟的时间。也就说，注入到盖碗中的水与玉露要泡 3 分钟？玉露不会被闷黄了？我非常的疑惑。等待 3 分钟后，我迫不及待地将玉露从盖碗倒入品茗杯中，只见杯中茶汤青绿，但汤色较混，且有浓稠感。老奶奶要我用 3 口将杯中茶汤喝完。刚入口时一股鲜中带苦的滋味随即在口腔中弥漫，感觉这鲜是我以前所喝的茶中少有的，有股浓浓的海苔味道。我用 3 口将茶汤喝完。再看盖碗中的叶底翠绿活鲜，丝毫没有闷的迹象。第二泡同样是 3 分钟，但口感比第一泡的海苔味淡了，相比第一泡，第二泡滋味稍淡，茶汤变薄了，鲜味也少了些许，苦味有点上来了。但茶叶底依旧还是那么绿。第三泡依然是三分钟。老奶奶指着茶点说，玉露前三泡的汤比较浓，有苦味和涩味，这时每喝一泡茶就吃一小口菓子，让味蕾综合一下。我赶紧吃了一口菓子，糯糯的，菓子的甜味立马占据了口腔，它与海苔味、苦味、涩味混合在一起，让我如入森林之中，海洋之畔，整个人无比爽快。

老奶奶说三泡以后，就不用去计时了。三泡以后玉露的大部分物质都被溶出了。的确，后面泡的茶汤，汤色虽然仍是绿色的，但基本没有什么鲜味了，只有淡淡的甘甜味。

京都玉露茶

我问老奶奶，这嫩绿的玉露用开水泡了3分钟，怎么还能保留着鲜绿的颜色和润滑的口味。她说，当然不能用温度过高的开水泡3分钟呀。老奶奶告诉我，玉露可谓是日本茶中最高级的茶叶。与煎茶的栽培方式不同，玉露的茶树在收获前需要全体覆盖遮光布，避免阳光直射，从茶树长出2～3片新芽的时候就开始遮光，到采摘为止大约经过20天的被覆栽培。这种方法给予了玉露独特的香甜口感和华丽的海苔香气。饮用时，为了充分释放出玉露的味道和香气，要使用60℃以下的温水冲泡。玉露的甜味非常有特色，如果使用高温的热水会带出苦味。所以，现在日本，玉露有另外一种泡法，用不同的水温，体会一款茶中不同的味道。水温40℃喝甜味，水温80℃喝苦味，水温90℃喝涩味。

自唐代茶种及制茶方法从中国传入日本后，至今日本仍主要采用蒸青方法制作绿茶，而中国大多数绿茶都不用蒸青来制作了。唯有湖北恩施的玉露茶仍然用蒸青的方法来制作。恩施的玉露与京东的玉露有一个共同的特点，那就是具有“三绿”，即：绿茶、绿汤、绿底。这少见的工艺或许就是玉露独特魅力的关键吧！

我们从茶屋出来，想跟茶屋合个影。突然发现，这个茶屋竟然是京都日本茶体验指定的茶屋！这也是旅行的一大惊喜吧！

日本茶屋

武夷探茶番外篇

何 玮

某日几人相邀一起喝茶，期间天南海北地聊着，后相聊的话题转向茶并始终围绕着茶。从云南的班章、易武、冰岛聊到武夷山的牛肉、马肉、鬼肉……有人喜欢班章的霸气、冰岛的柔绵，就讲还是普洱好，有人喜欢岩茶的岩韵及岩骨花香，就说武夷岩茶好。众说纷纭，莫衷一是。这时座中不知谁提议：我们在这纸上谈兵，何不去武夷山走走，亲眼见见这些本尊。众人应和。

不久大家就设计好了行程，在一个阳光明媚的周末，众人从不同的地方汇集到了武夷山。等大家聚齐已是黄昏，只得先解决饥饿问题，吃过饭已是晚上九点多，可大家兴致高涨，争着要去拜访武夷岩茶十大传承人之一的刘国英大师。之前国毅介绍过刘大师为科班出生，相当于茶教授。

武夷山茶园

见到刘大师，我知道某位茶学究那股不断探究，探本溯源劲的又要上来了。之所以称其为茶学究，只因他对所有关于茶的问题、知识都爱追根寻源，且阅读了大量茶书，探寻了很多茶山。只见叶茶究掏出手机，打开录音模式，并将手机置于刘大师面前。我想此时这刘大师的心中不知作何感想？但肯定会有一个念头在脑中闪过：这到底是何方神圣，一群什么样的人呀？这接下来的问题我该如何回答？果然，叶茶究的提问模式随即开启：什么是大红袍？大红袍是拼配的吗？什么是岩骨花香？什么是岩韵？什么是枞味？其实这些问题他以前也问过其他人，但每个人的回答都是不一样的，估计叶茶究想听听茶教授的解答。他们俩人在那里一问一答，许久也不见结果，而刘大师对着那个录音机也是忐忑不安，很是拘谨，唯恐哪里讲得不够标准，令这位茶学究不甚满意。肯定也就没有了平日里面对学生及茶农的那份坦然和从容。因此是：这一个刨根问底，那一个顾而言他。我在旁见到这样的场景，时时都想笑，但终究还是忍住没笑出声。那场面尤如一场学术辩论会，遗憾的是辩到最后我还是不得其解。只感觉这些问题有些是只可意会，不可言传，仁者见仁，智者见智。我愚钝，他俩辩了半天，我只有这点感悟。尤其是那个什么“枞味”？叶茶究问过好多人了。可每个人的讲法都是不一样的，有人讲边喝边想像那树上厚厚的绿青苔，就是那个味道，又有人讲是青草的味道，甚至还有人讲有点像霉味…众说纷纭呀！我也是百思不得其解，就一个

众人齐聚武夷山品茶

字：“晕”。估计叶茶究也是被绕晕，最终还是没有真正弄清那个味道，那神情有点失落，有点黯然！我想这也许只有真正的武夷茶人才能领略得到，它太抽象、太模糊，只是存在于武夷茶人的脑海之中，舌尖之上。也许他们舌尖碰撞到某款茶，那种感觉可能就会油然而生，那就是他们心中的枞味，他们心中的岩韵，那份说不清道不明的韵味。

叶茶究向刘国英大师请教茶学问

见他们继续讨论着，茶艺师提议我们喝茶吧！茶汤一出，满室飘香，这又激起了另一位爱茶人士，我们称其为潘先生的兴趣。他一直偏爱普洱茶，对普洱茶颇有研究，且对喝茶的环境、一起喝茶的人甚是讲究，但对岩茶一向是不屑一顾，觉得那岩茶就是那一点点香味及浓浓的糊味，而且香味也一定是在制茶过程中加进去的香料，没什么好喝的。茶艺师边泡边讲："你先喝喝这茶吧。"潘先生端起茶杯，一股花香幽幽扑鼻而来，而且香味也随着每泡逐渐变化，也并没有那种很重的碳烤味即糊味。这潘先生的好奇心被彻底激发，这时也不顾旅途劳累，不顾天色已晚，执意要去做茶现场看看，一定要弄清这香气的由来。

国毅欣然应允，带着我们一行前去天星明月家做茶处。一进门，浓郁的栀子花香扑面而来，原来室内晾晒着刚刚做青的雀舌。老板讲这是半成品，做好后它的香气又不一样，好的茶是让它的香气停留在某个时刻，而泡茶时它的香气又会随着浸泡而发生不同的变化。

潘先生捧着茶叶轻轻嗅着道：这香味真好闻！临别时还执意拿了些半成品茶放在瓶中，讲要带回家留下这香气。这一品、一看一听，也算是彻底打消了潘先生心中的疑惑。临别时他感慨道：这原来是一直没有喝到正宗的岩茶啊！

一众人听着，看着，意犹未尽。见此，国毅讲："带你们去看看武夷手工做茶的代表人吧！"

于是我们来到一低矮茅屋，见里面有一约莫 30 岁的年轻男子，头发高束，胡须飘飘，一幅道教人士的装扮，端坐于简易床榻上，面前是一个用小方凳做的茶几，茶几上摆放着一个小茶壶，三个小茶杯。见此，我看了眼叶茶究，只见他上下打量着此人，眼里满是惊奇。我深知叶茶究的问题恐怕是又出现了。果不其然，只见他随手拿起一个小板凳坐在其身边，随即问道：

“你信道教？”答曰：“是。”“那你为什么信道教？与做茶有关吗？”这时国毅介绍：他叫阿水，美院毕业，画画得非常好。那叶茶究更是诧异：“那你为什么不画画而来做茶？”“为什么坚持做手工茶？”他将一连串的问题抛向阿水。阿水回答道：“只是想喝到小时候喝的茶味道，因为喜欢，也因为需要。做茶也如画画一样也是艺术。”语言质朴，表情平静，波澜不惊。国毅讲他做茶已连续好多天没怎么睡觉了，我说：“这么辛苦，茶也会感动而报答你的。”他说：“我不求回报，那样心会很累的。”相谈的间隙，他时而起身去看看屋内正在做的茶。这时叶茶究的兴趣越来越浓，终于又问出什么叫枞味。他这个问题一出口，我终究还是没能忍住笑出了声，并脱口而出：“纠结。”阿水不知是不善言辞还是不知如何表达，木然地望着大家。这场交谈不太对等，一人满腔热情地问，而另一人面无表情地答。

阿水专心地制茶及品茶

这没能让叶茶究得到满意的答案啊！我想此后这个问题定会一直伴随着他，他日再来武夷山，再遇到武夷的茶人，再遇到武夷的制茶大师，这个“枞味”一定又会出现。听着每一个武夷茶人若有所思的回答，每一个武夷茶人绘声绘色的形容，这个过程其实就是开心的、愉悦的。我想这大抵也是叶茶究的用意吧！

众人品尝阿水制作的佳茗并与他讨论

第二天探访了牛栏坑后，国毅带我们到纳山云舍家去品今年的茶王茶及野生金骏眉。哪知喝后，众人突发奇想要去寻根究底，嚷嚷着要去这茶的茶山看看。听说这茶山可是在大山里，我无语，只得少数服从多数。如何去呢？国毅讲只能开车，而且只能是皮卡。于是平生第一次坐上了皮卡，前去探茶。皮卡开在路上，说是路，其实就是将山上的树草草砍了下，弯弯曲曲，崎岖不平，走在上面，犹如披荆斩棘。我一路胆颤心惊，一直不敢讲话，估计被国毅看出，他讲不用担心，他们每天都是这样走的。继续前行，不知走了多久，皮卡突然熄火，我睁眼一看，垂直一面山在我们面前。这车子走得太吓人，我实在忍不住了，就问我可不可以下来自己走。众人笑而不答。我下来一看，原来如此，山路又陡又滑，光秃秃的，自己走肯定不行的。只得又上皮卡……最后终于见到了满山的茶树，大大舒了口气，真感觉像冒着生命危险一样。真是不易！回程的路上我问其他人当时害怕吗？他们说其实心里也是怕的，只是没好意思讲出来。我大笑，心里终于平衡了。

上山所乘坐的皮卡

上茶山需要经过的陡崖峭壁

这次武夷探茶，叶茶究写访茶、写探茶、写茶人、写茶大师。潘先生去疑虑、谈感悟。而我将自己置身事外，看着他们那股对茶的执念、对茶的敬畏，那股尤如做学术般锲而不舍的精神劲，确也别有一番况味！

分别时我在想，有这样一众敬茶、爱茶之人在一起品茶、论茶真乃人生一大幸事也！

兰的忧伤

何 玮 何 琳

我是一株兰花。我虽不似梅之孤傲高洁、竹之清雅淡泊、菊之孤标傲世，却也是孤芳自赏。我流连于山涧，游走于崖边。在田野、在空谷与大自然为伍、与花儿、鸟儿为伴，汲取天地之灵气，与世无争，真正做一隐逸者也。世人对我也是青睐有加，盛赞我为“四君子”“花草四雅”，花、叶、香三美俱全。并写下许多的诗句，毫无吝啬地赞美我香、叶及品质的美好。“久坐不知香在室，推窗时有蝶飞来”“俗人哪解此，

深谷幽兰

花市上的兰花

观叶胜观兰”“不为无人而不香，不为凌寒而萎琐”，这些虽是我的本性使然，但我也自知这不过是文人雅士对我的偏爱、赏识和推崇而已。

我本生于幽谷，然随着时间流逝，我渐渐被人带到了庭院。世人对我的钟爱也越来越甚，这让我感到惶恐。我深知许多人对我的喜爱是从骨子里散发出来的，但同时我也悲哀地发现有些人对我的喜爱仅仅是附庸风雅。

某日，我被人赤裸裸地从旷野幽谷之中带到一角，姑且称其花市吧！置于地上供人挑选。不识者看到摆在那里的几株既无花又无苞且杂乱无章的散叶嗤之以鼻。幸而与一长者相遇。长者面容清瘦、目光炯炯如炬，谈吐不凡。初见我，他眼中闪过惊喜、兴奋，继而用颤微微的手轻抚，又惟恐惊扰了我，他那份小心翼翼和诚惶诚恐令我万分感动，也让我沮丧的心情渐渐消失殆尽。心想，定是一位真正怜惜我的人。伯牙在山中鼓琴尚可遇到子期，想必在这杂乱无章的花市也有懂我之人。

心中顿感欢喜，看这长者气质出众，想也应是一个不错的归宿。长者小心翼翼地将我携至家中，起初将我安放在一个小巧精致的的塑料兰花钵中，左顾右盼后又自言自语道：这个好像不透气吧！遂又出门，不多久觅得一个粉兰色上面有兰花图案的紫砂兰花钵回来，又将我重新安放其中。这以后时时打量我，呵护我，帮我松松土、擦擦叶片上的灰尘；与人交流学习如何更好的照顾我，最后买来书籍研究，俨然成了兰粉。这份痴迷堪比梅妻鹤子的林翁了。不久或许是见我不似从前那般精神，长者又与我窃窃私语：是不是这光线及环境不太利于你的生长呀？那我得重新为你寻一处合适的去处啊！

兰室中盛开的兰花

几天后，他带我来到一间雅致的茶室。茶室设在绿树掩映的小巷中，装点得古朴典雅，正面墙上是一幅画，细看是：高山流水遇知音，侧面是一幅“禅茶一味”。窗外树影中隐约可见一池碧水，屋前墙角处数枝竹子依墙而立。长者在竹子中间的空隙处安顿好我，似是不放心，又与人交待片刻。须臾离开。

我重新打量着周围，旁边有几株月季，还有些不知名的植物。最让我开心的是我的身旁有数株亭亭玉立的竹子。试想就连最喜欢吃肉的苏大学士都讲“宁可食无肉，不可居无竹”。是可见竹的妙处。且世人最喜将我与竹君相提并论，今日我真与之毗邻而居，哪能不欢喜之。倘若板桥先生见了此等美好画面，定又会画一幅兰竹图来抒发胸臆吧！

兰竹君子，风雨相依

茶室经常有爱茶之人光顾，进出之间他们也常常被我吸引，在我身边驻留片刻，边打量我边讲："这古色古香的茶室、清雅脱俗的竹、高雅纯洁的兰是多么的相得益彰啊！"品茶之余他们也会聊聊我。对我的喜好之情溢于言表。这也为他们的品茶生活增添了许多的情趣，为茶室增添了许多色彩。

长者隔几日便来看我，对我呵护备至。不几日，碧绿的叶片也逐渐舒展，恢复了生机，临风摇曳着，花苞也次递张开，含苞欲放。长者见我出落得如此的婀娜多姿，人见人爱，喜悦之情难以言表。

此后，竹君替我挡风遮雨，月季伴我轻笑展颜。清风明月相伴，竹影婆娑相随。每日闻着淡淡的茶香，听着悠悠的琴声。日子就在这惬意、闲适中悠哉悠哉地度过。

可惜这样的好日子在一个月色微茫的夜晚彻底被打碎了。是夜，我被一阵"悉悉索索"的声音惊醒，借着朦胧胧的夜色我看到一个黑影，手拿一小铲，全然不顾我的疼痛，用力铲着周围的泥土，刹那间我懵了，这是遇到了"梁上君子"吗？此时恨不能如板桥先生般吟出"月色朦朦夜沉沉，梁上君子进我门"来吓退他。无奈他听不见我的呼声，我只能眼睁睁地看着他硬生生地将我拔出，放入袋中，起身，仓皇离去。我随他来到一间屋子，打量四周却也是金碧辉煌。细看应是书房，室内大大的桌子上笔、墨、纸、砚一应俱全，书柜内摆满了各种书籍，墙上挂着墨竹图。想来这“梁上君子”也应是喜欢风雅之人，却为何要做这等龌龊之事？我不禁黯然神伤，悲从中来。既窃之，想必是钟爱之？赏识之？那何不与之品行一致。不知古云“君子爱财，取之有道”之理？不知“君子不虚行，行必有正”之理？“君子不夺人所爱”之理？为何以这种方式来亵渎我？这样的德性也配是喜爱我？我悲哀地发现这世间竟有这样道貌岸然的伪君子。

此后我便呆在这装饰华丽的屋子里，逢有人来该君定会讲一番他如何喜欢兰花及竹子，如何爱读书，有多少藏书。可人后他从未看一眼书架上的书，动一下书桌上的笔墨纸砚。我每日听到的是争权夺利之满腹抱怨之声，闻到的是满屋烟雾笼罩的污浊之气。我开始思念对我疼爱有加的长者，思念高风亮节、挺拔秀丽的竹君，思念那幽幽琴声，思念那淡淡茶香。

兰离幽谷，困于华屋

我不忍回想茶友们不见我时的那份失落的心情！不忍回想长者再去看我，见到的却是一个花冢的那份难过、伤心的情景！不忍直视茶室失去我的衬托后那份黯然无光的场景！从此，我郁郁寡欢，“思君如满月，夜夜减轻辉”，不久终究是枯萎凋零了。罢了，质本洁来还洁去吧！

兰的忧伤

这就是兰的忧伤！

她自己可以高洁、孤傲、贤达，可以遗世独立，然而却不能改变假以她名而以君子自居，而行为却大相径庭之人的品行。

这就是兰的忧伤！是作为被世人尊称为君子、历代文人雅士为之赋诗、填词、歌咏的兰的忧伤！

叶老的茶包

何　玮

叶先生自诩一介郎中，四海为家，实为杏林翘首，兴趣尤为广泛。虽已过花甲，但童心未泯，仍紧随新潮，趋赶时髦。因其为人谦和，生性豁达，凡事包容，与人相处甚是和谐，圈内多尊称他叶老。叶老追潮，自然喜欢创新，行内的新业务新技术他总是最感兴趣，近二十年内到国外参加会议，他都会把最新的进展带回国内讲授推广，还说这就是鲁迅先生的“拿来主义”。而在生活上叶老也喜欢找兴趣点，为研究时尚时常翻看时尚杂志，所以对各种品牌衣服、箱包都很熟悉，如数家珍。

但今天我要谈的不是那些时尚品牌箱包，而是叶老的茶包。提起叶老的茶包，我们的茶圈内应该是无人不知、无人不晓。

前几年叶老偶然发现血压偏高，听闻喝茶对降血压有利，从此就踏上了喝茶之旅。自此也与茶结下不解之缘。但因工作原因，他时常出差，为便于喝茶，他便带一个茶杯、一小盒茶叶，以备不时之需。但随着茶龄的增长，叶老对茶的兴趣越来越浓，不仅买来大量茶书籍仔细研究，还开始遍访茶山。因此对茶的理解和认知程度越来越深，渐渐地不再满足随身携带一个茶杯和一个小茶盒这样的配置。在一次探访茶山途中，他发现一种小小的旅行茶具套装，打开一看，内装有一个盖碗、一个公道杯、一个过滤器、一个镊子、六个茶杯，顿时欣喜若狂、如获至宝，当即买来好几套，并送给身边的朋友。可有了这泡茶的小神器，还需东西来存放它呀！此后叶老开始留意，什么样的物品适合安放她。直至一次在机场看到一款德国生产的 Tumi 包，尼龙布材质，内有两层，内外都有较多口袋，容量大，功能也齐全，并且可以挂在拉杆箱上，非常方便，当即买下，于是叶老的第一个茶包正式诞生了。

叶老的黑色茶包，简单便携

有了这个茶包，叶老开始着手置办他的行头，各品种茶、各种香都收罗其中。不久他又觅得一个紫檀木的袖珍小茶盘，也立即收纳进自己的茶包内。时间久了，他的茶包内各品种的茶、香、茶具等与茶相关的物件一应俱全，俨然是个百宝箱。每逢要出差，头天晚上他必定是心情愉悦地开始整理他的茶包，找出自己近期苦苦寻找到的或是茶友送给他的各种茶，分门别类用小袋一一装好，并标上茶名称、茶龄、产地等。

出差讲学标配茶包

每到一处，他就拿出自己这些心喜的小物件摆弄给大家欣赏，与大家一起分享、一起探讨、一起品茶。而这品茶，有人喜欢独品，有人喜欢三五人品，依我看叶老是喜欢众人一起共品。并且边品茶边拿出茶包里的茶一一讲：这是什么茶、是古树还是大树、有什么来历、叫正气塘、薄荷塘、“牛肉”、“马肉”都是什么，曼松为什么产量少、为什么称其为贡茶、大红袍的来历、金骏眉的故事、鸡缸杯的故事，等等。他绘声绘色地讲着，大家聚精会神地听着……

无论在何处，他的那个房间里定是人流如织，热闹非凡。

站着的、坐着的、玩耍的、说的、笑的、看的、听的、喝的，满屋子的欢声笑语伴随着茶香弥漫在空气中。有时一个茶台不能满足大家的需求，于是三二人又在另一旁开一桌，名曰“开小灶”。但茶还是要向主茶台讨的，要的就是这份热闹和分享带来的乐趣。只是难为了那个泡茶的人，四面八方都是讨茶之人，他忙得不亦乐乎，只有“嘿嘿”地笑着。那场景真正是极有趣的。宛如一幅现实版的雅集图！

提着茶包的叶老，已经迫不及待要与友人分享好茶

由于经常喝茶，大家对茶的品种、茶的质量、茶的品相要求越来越多。每次品茶，第一泡喝什么，第二泡喝什么、最后用什么茶打底，甚是讲究。有时要用老茶打底，可老茶要用紫砂壶来泡才能泡出它的韵味呀！于是叶老茶包内又添置了一把小小的紫砂壶。茶包跟随着主人南征北战，舟车劳顿，不知是

旅途疲惫，还是这茶包材质太软保护力度不够，不久这紫砂壶就香消玉殒了。茶袋内的有些茶也碎了，没了看相。叶老好一阵心疼。这又触动他想换一个茶包的念头。

某次去瑞典开会，途中叶老与同行的伙伴们大讲某品牌的箱子如何的轻便、扎实、耐用，闹得到目的地后大家争先恐后地去买，一时间某个商场内此品牌箱子卖断货。只有转战专卖店，叶老也亲自陪同，一进店内，他见一女士手拿一个不方不椭、半圆半扁的小黑色包在左顾右盼、举棋不定的样子。他立即走上前道："这个包不适合你呀，应该是我的。"女士诧异地看看他，叶老又讲道："你看它与我的箱子颜色、材质是不是一模一样？"说着拿起小黑包往他的拉杆箱上一插，继续讲："你再看，大小是不是正合适？"女士回头一看果然如此，那包放在拉杆箱上与之浑然天成，堪称绝配。而自己拿着也确实显得稍大了点，又因店中只此一个，于是遗憾地打消了买来做化妆包的想法，立即拱手相让，也算成人之美。自此叶老的第二个茶包也闪亮登场了。

这个茶包质地坚硬、厚实、耐磨，内部空间大。因此叶老的茶及茶壶也就完好无损，很好地满足了大家喝茶的所有需求。每次看到他提着那个方不方、椭不椭，憨态可掬的小包，我就忍俊不住。叶老也是对她爱不释手。因此我戏称她"圆滚滚"。若没见到叶老拎着，就会禁不住问道："怎么没见'圆滚滚'呢？"起初叶老不明所言何物，须臾明白，遂开怀大笑。这么高端、大气、上档次的包，了解的人知道里面装的是茶，不了解的人还以为里面装的是什么金银珠宝呢！

在机场即将赴国外出席会议，也不忘心心念念的茶包

这就是叶老的茶包，它陪伴着叶老走过大江南北、世界各地，它给大家带来了许多的欢乐，也让大家学到了许多有关茶的知识，更见证了叶老踏上茶之旅的历程……

一心只做中国最干净的茶

章慧平

朱旭主任是福建地区乃至中国知名的麻醉学专家，他的另一个身份是朱熹的第二十六代孙。正是由于这个特殊的身份，他自幼受到家里的传统教育熏陶，也有了不少雅致的爱好，比如抚琴、书法、饮茶等。朱熹自幼在武夷山长大，对“建茶”十分熟悉，后来还当过茶官，任浙东常平茶盐公事，曾写过《劝农文》，提倡广种茶树，并且身体力行，制茶饮茶，在武夷山留下诸多的茶诗词和饮茶制茶的遗迹。其著名的《咏武夷茶》一直流传至今，其诗为：

武夷高处是蓬莱，采取灵芽余自栽。
地僻芳菲镇长在，谷寒蝶蝶未全开。
红裳似欲留人醉，锦幛何妨为客开。
咀罢醒心何处所，近山重叠翠成堆。

也许正是因为血脉里的这份传承，2005年，为了帮助保护区茶山上一对贫苦孩子完成上学的愿望，他拿出自己的工资资助他们步入了学堂。由于家乡亲戚都在产茶区，茶产业也是当时又重放光芒的新兴农业项目之一，朱旭开始深入茶区调研、走访，希望能通过自己的努力，带领深山保护区的茶农走上发家致富之道。

朱旭主任整合了保护区资源，开始梳理保护区最好的古茶树（奇种），以天生天养的方式来保护和使用这些茶树。扶贫工作开始后，朱主任才明白，事情并不像他想的那么简单，如何来管理这些上天的恩赐、市场如何开发等问题都摆在了他的面前。是像其他茶场一样，采用化肥、农药来减少投入成本、增加产量，还是坚持纯天然、无污染的种植呢？如果坚持纯天然、无污染的种植，就必须不施肥，不打农药，人工割草，意味着每生产一斤茶，投入的人工成本就会增加几倍，而且每亩地茶的产量只有使用化肥、农药种植的几分之一。经过再三权衡，朱主任同夫人商量，决定选择纯天然、无污染种植，于是卖掉了所有股票并向家里兄弟借款。当时家里亲戚朋友都反对他这样做，认为他现在放弃还来得及，当医生已经足够生活，为什么非要去种茶呢？何况深山茶农的生活和收入不关他的事。朱主任思考良久，想到如果这次放弃了，茶农迫于生活，一定会选择使用化肥、农药种茶来提高收入，那以后谁还能喝到天生天养，干干净净的茶呢？最终这个信念使他坚持带领茶农继续走下去，生产天生天养、最干净的茶。

参观纳山云舍

朱旭主任为来宾介绍纳山云舍的制茶理念，右一为朱旭

也许是朱主任的善心和义举感动了上天，2007年，正当茶园急着要用钱的时候，朱主任的股票连连涨停，于是他卖掉股票，

刚好够茶园急需。10余年来，朱主任一直坚持他的信念，只做中国最干净的茶。可能是上天的指引，在2015年的一天，他正在做红茶的时候不巧碰上停电，做了一半的红茶无法进行下去，遂决定采用乌龙茶的工艺继续做完。没想到无心插柳柳成荫，这次做出来的茶因为没有达到红茶的发酵度，所以既具备红茶绵柔的果蜜香，又具备乌龙茶似兰的幽香，因此他欣喜地将新茶取名“红乌龙”。

朱旭主任天生天养做茶的法子很长时间在武夷山及周遭地区受到了大家的质疑，因为他明摆着把利益放弃，做的又是事倍功半的事情。甚至一些合作的经销商对朱主任厂的茶产品纯“天生天养”的品质也抱着将信将疑的态度。因为他们觉得可能茶厂就是带人参观茶山时才装装样子不施化肥、不打农药，而参观者也不是一年365天都守在山上监督，说不定“天生天养”就是个噱头而已。因此，也就有不少好事者要试试这些茶的真伪了。

2016年，为了向大家验证这款“红乌龙”是最干净的茶，朱主任将茶叶送到国家茶叶质量监督检验中心对“六六六、滴滴涕”等共二十五项指标进行检验。检验结果十分令人鼓舞，比国家标准要求好1000倍。结果出来后，经销商和诸多合作伙伴才心服口服，打心底对朱旭主任多年坚持做天生天养的茶表示钦佩。

此后朱主任还邀茶学相关专家一行7人来到自己创办的纳山云舍茶的生产基地——武夷山自然保护区溪云谷茶厂，对公司红乌龙的生产进行实地考察与品质鉴定。专家实地考察发现：

叶章群教授及老友白丁在
纳山云舍品鉴红乌龙

该公司茶园基地零星分布于武夷山国家级自然保护区核心带，山高，四周林木茂密，空气清新，水质清澈，土壤疏松，有机物含量高，自给肥力好，生态条件极佳。公司坚持传统管理，不施化肥，不打农药，全人工割草，有机栽培；生产加工车间宽敞明亮，机具洁净，管理有序。专家从现场成品库随机抽取红乌龙样品进行品质鉴定，意见是：红乌龙外形上条索紧结、匀称、乌润有光泽；香气既具乌龙茶似的幽兰，又带红茶之绵柔的果蜜香，持久宜人；滋味醇厚、鲜爽，水中带甜，回甘快捷持久；汤色橙红色，清澈明亮，金圈明显；叶底柔软有弹性，既有红茶的古铜色，又有武夷山岩茶的棕褐色，相衬相托。专家一致认为此款高山乌龙，原料原生态，生产加工技术老到，品质上乘具有独特的风格。农业部专家组专家、中国农业出版社编审穆祥桐先生更是被朱主任的执着、坚守所感动，题辞“茶医一道、泽惠万民”送给朱主任。

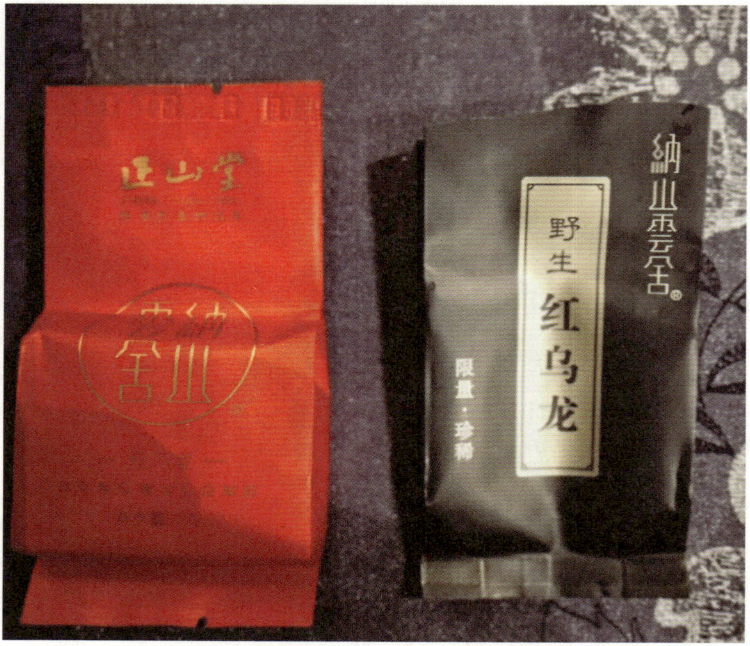

纳山云舍生产的野生红乌龙茶

十几年的坚守，我们的医学同道朱主任一心向善，做讲良心的人，做最干净的茶，终获得成功，“红乌龙”也将被载入茶学史册。

街头茶话

章慧平

八月的厦门，艳阳高照，行走在街道上，却并不觉得很热，也许是由于海风的吹拂，或是古城留下的参天大树的荫蔽。街上的行人步伐悠闲，表情安逸。透过玻璃橱窗，可以看到商铺里面都有一方茶桌，几个人围坐在一起，边饮茶边聊天，氛围很融洽，没有争论，没有博弈，似乎与生意无关。

我和我的导师，利用出差的闲暇时间，来到宾馆附近的街道闲逛，一是当运动健身，二是想了解一下闽南的风土人情。我们所住的宾馆位于厦门的老城区，老建筑比较多，整个街面显得很干净整洁。街道也特别安静，汽车和行人相遇时没有鸣笛，而是减速通过，城市的文明标志在这份宁静中得以体现。我们经过一所中学，驻足观看宣传栏，发现这所学校有一百多年的历史，培养出了一批名人，其中不乏中科院院士、知名学者、各级党政领导等。学校的对面是一座小型庙宇，进进出出的人比较多，香火很旺。沿着学校的围墙，我们来到一条老街，街道长度不超过300米，里面各种小店铺林立，很有生活气息。

厦门老街

远远的引起我们注意的是街道中间收废品的店铺，店面不大，临街面也就3米左右，门面看上去有点破旧，没有特别装饰。门口放了一把躺椅，几把小凳子，其中一把当作茶几，上面有一个简易茶壶和一筒纸茶杯，茶杯不大，像是喝功夫茶专用的。而多余的凳子则像是为来客准备的。躺椅上有一年轻小伙，应该是该店老板。经他同意后，我们坐下来向他讨杯茶喝。小伙很客气，让我们随便喝。我们品尝一口茶，感觉味道不错，入口没有涩味，咽下后有回甘。茶外形看似铁观音，茶汤又有点偏褐色。我们请教老板是什么茶，老板说是当地人都喜欢的熟香型铁观音，价格也很便宜，超市里卖10元1包，1包250克。

极为简单的茶设

叶教授惬意地在废品收购站门口喝茶

我们边喝茶边与这废品收购站的老板聊天。彼此谈笑风生，心情分外愉悦，不禁感触良多：职业没有贵贱，只要有缘在一起，都能给彼此带来快乐。不管茶桌的两边坐的是教授还是废品收购站老板，只要以茶为媒介，虽环境简陋，心情也一样快乐。对茶来说也是如此，茶也不应该有贵贱之分，虽贱为每公斤 40 元的茶，但喝起来也很甘甜。正所谓“境无好坏，唯心所造矣！”所谓茶的价格高低，并不重要，重要的是每人可根据自己的经济状况，选择能买得起、口感好的茶喝就行，而且，茶一定要分享，遇见想喝茶的人，一起喝茶，一起聊天，看似与你所做的工作无关，聊着聊着，也许做生意或合作的机会就来了。就像这次，我和导师找这位老板讨茶喝，觉得小伙子人不错，看见他也在经营各种纪念牌，正好我们也在收藏，就各买了几个。走的时候，老板很开心，我们也表示，有机会来厦门，一定再来讨茶喝。

笔者与叶教授及收购站老板谈笑风生

喝茶，参禅

章慧平

冬日的一天，我随团队一起到随州参加义诊活动。随州是历史文化名城、炎帝故里。据史籍记载和国内、外专家学者考证，华夏始祖炎帝神农氏就诞生在随州烈山（厉山镇），而茶的发现和利用最早要归功于炎帝神农。据史料《神农本草经》记载："神农尝百草，日遇七十二毒，得荼（同茶）而解之。而唐代茶圣陆羽所著《茶经》中也记载着："茶之为饮，发乎神农。"义诊活动结束后，虽然有点疲倦，但精神还是十分愉悦。

本想午饭后上山找一个清静的寺庙，一边泡茶，一边了解佛教文化，后经打听才知道，因近期大雪，附近的山都很难上去。我于是向随州当地的朋友求助，希望能找一个喝茶的地方，最好能找一位精通佛教知识的人一起探讨佛教历史。经朋友多方打听，我最后去了演善禅师创办的禅悦体验生活馆，那里既能喝茶，又能参禅。这次愉快的会面，也确实是一种缘分。

喝茶的地点是在具有130余年历史的省级文物保护建筑——文峰塔附近。文峰塔始建于唐宋，几经重建，皆毁于战火，清朝咸丰、同治年间，又分别进行过重修，但又再次毁于兵焚，至光绪十年五月（公元1884年5月）又重新修建。文峰塔有7层、高25米，正八面体，锥形。全塔共10个“门”，6个圆孔，层层塔角翼然挑起。仰视文峰塔，白日灼灼，高塔矗立，甚是雄伟壮观。

文峰塔始建于唐宋，于清朝咸丰、同治、光绪年间又重新修建

茶叶是午餐前到当地农贸市场上买的，30元钱一斤，我们买了50克。据卖茶叶的老板介绍，这种茶是当地山上野生的一种茶叶，老百姓称作“大脚片”。“大脚片”生长在小山坡上，

叶呈椭圆状，大叶长 9 厘米左右（连叶柄），宽 3 ～ 4 厘米。开淡黄色或白色的小花，花朵呈小喇叭状。当地老百姓喜欢把它当凉茶喝，他们一般是头一天晚上用一个陶瓷茶壶，放几片茶叶泡一大壶茶，第二天下地干活时喝，既能解渴，又能避暑。

笔者及叶教授在农贸市场淘茶

购得“大脚片”回到茶房，我们迫不及待开始烧水、洗茶、煮茶。伴随着淡淡的清香味，禅师也踏着轻快的步伐推门而入。禅师一进门就完全颠覆了我们传统印象中对禅师的认识，原来他不是我想象中慈眉善目的老者，而是位高大帅气却又富有亲和力的年轻人。演善法师，生于 1987 年，于 2002 年在随州现光山相国寺礼常富法师披剃出家，次年于山西五台山广济茅蓬依本焕老和尚求受具足戒。之后辗转求学于福建佛学院及河北佛学院并获得研究生学位，同时任教于重庆佛学院及河北佛学院。法师提倡以“简单的生活，为他人着想”为宗旨的“生活禅”，主张“以善为乐”。禅悦修行体验馆是演善法师开办，通过八式动禅及经行静坐等禅修体验，让人们摆脱生活压力，感受喜悦自在。

当地野茶“大脚片”

茶一煮完，大家每人一杯开心地喝了起来。这茶虽然比不上各地名茶，琥珀色的茶水喝着有些粗粝之感，但又带有独特的清新之气。一杯饮罢，也是口齿舒爽、心胸舒畅，精神也为之一振。饮茶间隙，演善法师给大家讲解了佛教在中国的传播历史及派系渊源，大家也都听得非常认真。终于，一位老师提出了大家心底共同的疑问，那就是演善法师何时产生的出家修行的想法，以及家里人是否支持他出家。当大家以为演善法师听到这个问题会很尴尬或生气时，他却笑眯眯地同大家谈起了他当时的想法，并告知他出家时，家里人并不知道。

大家与演善法师一同品茶及学习佛法知识

听演善法师讲到因果报应时，有同伴问到“什么是善、什么是恶”。演善法师将他多年所悟毫不保留地告诉大家：“当你做一件事只是为了你自己，而损害了别人的利益的时候，这就是相对的‘恶’；当你做一件事是为了帮助别人时，这就是相对的‘善’。”大家听后，顿时醒悟。当大家感觉到若有所思、若有所悟时，不知不觉，2 小时的喝茶、参禅时间就过去了，演善法师拿出相国寺定做的老白茶，给每人送了一饼，并欢迎大家下次到寺里来喝他收藏的好茶。

“大脚片”冲泡后的琥珀色茶汤

最后大家探讨了什么样的茶是好茶。法师说：“饮茶的最高境界是‘禅茶’，茶无好坏，唯心所造。所谓好茶，应该是有特色的茶，让人喝得舒服、畅快。就像今天品尝的大脚片，大家都喝得神清气爽，心旷神怡，又在喝茶期间获得了很多领悟，因此这茶的确是好茶。”听罢法师一席话，胜读十年书，我们仿佛悟到了许多。这次的喝茶、参禅的确是一次令人难忘的人生体验。

寻访醉白楼，醉饮正气塘

茶缘心语

话说一千多年前白居易在杭州任刺史时，留下了描写西湖美景的诗作有200余首，大家耳熟能详的有“湖上春来似画图，乱峰围绕水平铺”“烟波澹荡摇空碧，楼殿参差倚夕阳”“最爱湖东行不足，绿杨阴里白沙堤”“处处回头尽堪恋，就中难别是湖边”。西湖美景曾让这位曾经的杭州“老市长”都“未能抛得杭州去，一半勾留是此湖”。而离开杭州后诗人又作“自别钱塘山水后，不多饮酒懒吟诗”。杭州三面环山一面城，市民近湖而栖。特别是在一代又一代文人妙笔生花中愈发奇氛灵气的西湖，经过岁月的沉淀和2017年G20峰会的修饰，如今已经成为中国的一张世界名片。

在西湖杨公堤有一临湖幽静之处，名唤“醉白楼”，相传在唐元和年间，白居易在杭州当刺史，喜欢喝个小酒，游游西湖。

当时有个闲士赵羽，在茅家埠西湖岸边，造了一座酒肆。一天，白居易偶然经过，发现在这碧水青山之间，竟然还有如此雅致之处：清晨看杨柳拂风，夜晚赏渔舟唱晚，酒楼临湖而建，动静皆宜。白居易游兴大发，散着步，就往酒楼里走。赵羽看到“领导”大驾光临，马上拿出上等好酒好菜招待。两个人品茶饮酒，相谈欢畅，毫无官民之分，反倒觉得有些相逢恨晚。酒过三巡，白居易丝毫没有要走的意思。这一喝，就是好几天。赵羽也是个聪明人，看两人谈兴渐浓，就提到了“楼名难求”，比较遗憾。这酒楼在杭州，当时虽然声名鼎沸，坊间酒客络绎不绝，但美中不足的是，一直没有楼名。只因它是文人骚客聚居之地，怕草草决定店名，不能涵盖尽此意境。白居易听出了赵羽话中有话，想索要题名，就欣然答应了，当即挥笔题下“醉白”两字。赵羽高兴得不得了，不禁拍案叫绝。“白”字是乐天先生的姓氏，“醉”嘛，就是白居易一直好这一口，就连写诗也都带着酣畅淋漓的醉酒之意。以“醉白”来命名酒楼，与乐天先生豪放不羁的性格不谋而合。

一个烟雨濛濛的秋日傍晚，我陪着叶教授一行人慕名寻访醉白楼。醉白楼坐落在西湖杨公堤茅家埠深处，临湖而建，粉墙黛瓦，飞檐翘角，将大气的盛唐古风和精致的江南园林意蕴天然合一。置身其中时凭栏远眺，近处是烟波浩渺、娴静婉约的西湖，远处则是连绵、清翠欲滴的群山，静静地掩映在如诗如画的薄雾中，在细细的雨雾中湖水泱泱、飞鸟瑟瑟，不禁让人深深地沉醉其中。

醉白楼

慕名寻访醉白楼

醉白楼前西湖美景

一行人在临湖的阁楼中落座，面对如此让人沉醉的景色，对茶道研究深厚的叶教授有感而发："西湖最有名的是龙井茶，但现在是9月份，过了喝明前龙井的时候，今天在醉白楼这个如此有历史和让人陶醉的地方，来一个齐教授最新寻访来的正气塘普洱茶压压韵。"一听正气塘，同行的普洱茶资深茶人王树生教授立马响应："哇，正气塘，好茶好茶，今天在座的能喝到都是有茶缘的。"

醉白楼精致美食

中国的茶文化博大精深，普洱茶产于云南，具有悠久的地方民族历史，带着云南特有的生活气息和艺术情调。普洱茶看起来没有绿茶的秀美，也没有红茶的妩媚艳丽，给人更多的感觉却是厚重成熟！它不浮躁，经得起岁月；不显露，耐得起沉寂；不迷失，经得了风雨。

说到正气塘，在座大多数人都没听说过，更别提细细品味了。叶教授常说茶人之道在于感恩、分享、包容、结缘。趁着何老师亲自给大家洗杯泡茶的间隙，叶教授把正气塘的历史、特色和大家一一分享：正气塘是个自然村落，位于云南省临沧市双江拉祜族佤族布朗族傣族自治县勐库镇的东边，海拔有1900米。正气塘村是个汉族寨，整个村只有30多户人家。正气塘过去叫瘴气塘，传说几百年前此地有个水塘，水中藏有一大蟒蛇，天阴时那大蟒蛇常吐黑雾，令人惊悚，疑有瘴气，便将此塘取名瘴气塘。瘴气塘在临沧进入双江的古道边，彭锟1903年进双江时在瘴气塘扎过营、住过兵，为避邪气他命令将瘴气塘改名为正气塘。在彭锟未扎营之前，正气塘有拉祜族居住过，拉祜人在正气塘居住时已种下许多茶树，今天还留下几十亩，茶树的主干已长得比大碗口还粗。1903年以后拉祜人从正气塘迁走，汉人们迁了进来，汉人们也接着种茶树。

早在明代，勐库东半山的茶就已经名扬四海，众多的茶商每年都要来到勐库收购这一著名的优质茶叶。勐库大叶种被专家誉为“大叶种英豪”，并以其“代表云南普洱茶阳刚之美”的独特品质，成为普洱茶爱好者心目中的珍贵品种。还记得近代有个著名的诗人曾经写过：“昔年瘴气塘，而今冰岛香；前人栽古树，后辈饮茶汤；但令无剪伐，世世福绵长。”这算是对正气塘极高的赞誉！众所周知，勐库东半山属于朝阳茶，其最大的特点是古树迎迓日出，茶树有欣欣向荣之姿，其俊秀爽豁之貌，可谓照然在目，因而茶叶更具阳刚之美，爽健怡人，苦重而涩轻，茶质醇厚，香气扬荡，水路迭宕潇洒，茶气直脱如贯，可直接冲荡人之腑魄，真是不亦乐哉乎了。

勐库大叶种

叶教授如数家珍地给大家介绍了正气塘普洱茶，并给大家展示了其茶叶的外观。只见叶子条索肥壮、清晰，色泽乌润油亮饱满。这时何老师的第一泡茶也出汤了，只见茶汤亮色金黄，香气浓郁醇厚，轻轻呡一口立马觉得很饱满，略微有淡淡的苦涩味，但一咽入喉咙就转化为甘甜了，一闻杯底有淡淡的果香。叶教授在喝茶时有句名言就是“三泡之后再发言”，正所谓“一泡汤、二泡茶、三泡四泡是精华”。当喝到第三杯时，汤香更明显了，茶汤非常饱满稠厚，此时我惊奇地发现口中一开始的苦涩味已经没有了，而只有满口生津，喉咙非常舒爽，回甘绵绵不绝，生津涓涓不断，茶气回甘流转于唇齿之间，只觉得通体舒畅。叶教授说正气塘非常耐泡，一般能泡 30 泡，果然何老师在泡了 20 多泡后，茶汤依旧很亮很黄，但此时的茶汤已经变得纯甜了，香气却依然不减，喉咙有一种甘甜的山野韵味，此时背部却已经微微开始发汗了。原来这就是叶教授前面说的正气塘茶气强烈，果然醇厚的茶气能直接冲荡人之腑魄，真乃是醉白楼中沉醉了正气塘。

正气塘干茶及茶汤

在这个日益忙碌的社会环境中，生活是什么呢？它可以是西藏的纯净苍穹，佛音妙曼；亦可以是三亚的灿烂阳光，礁石浪花。其实，它还可以在一个温暖的小茶馆，一席琴韵，一缕清香，一池荷花，一壶普洱茶，三两好友，体验一场宁静益心的茶会……

历代文人雅士喜爱将茶道、花道、香道并称为“三雅道”，叶教授常说饮茶是五大慢生活“饮茶、抚琴、插花、闻香、绘画”之首。懂茶爱茶之人，一杯茶能从味蕾上释放身心的压力，将浮躁的心慢慢沉淀下来，去感受生活的意义。茶道，传递的是一个茶人对平凡生活不将就的态度，是以修养为目的去结识一杯茶，也是对茶和自己内心快乐平静的追求吧。有茶的日子，是一种惬意，蕴隐于茶水中，若心入茶，茶定不负人；一杯茶，润泽了一份心境。茶如人生，人生如茶，茶在水中不浮即沉，时浮时沉是常态，浮时安享飘逸，沉时静享沉稳。人生也是，时好时坏时常情，好时不惊不喜，坏时不惧不悲，持一颗安然平和的心，从容面对生活的起起落落，于红尘中行走，用心去喝茶而使人身心愉悦便是一种最大的收获了。

竹吟处暑气消，茶香时师生欢

周　辉

武汉的夏季是算不得友好的，阳光的炙烤蒸腾着暑气，让人都只敢清晨和傍晚出门。到了九月初，毒辣日头的威力稍微减了点，但空气中依然弥漫着焦躁和困乏。现阶段中心任务暂为科学研究的我们，因为暑假期间也都在忙着，没有太在意九月这个开学季。不过到了教师节前几天，我们师兄弟们又都兴奋起来。大家经常跟着叶老师在门诊学习，不仅在学术研究方面时常受到他的指导，生活中的困难和疑惑也都向他倾诉和寻求帮助。大家一直都感念着导师对我们的教诲和帮助，因此在教师节这天约好了一起去叶老师办公室，为他献上鲜花，并送去祝福。叶老师见到大家，也是非常高兴，又细细地询问了大家的近况和进展，并和大家一起合影留念。但叶老师在教师节这天也无法享受闲暇时光，还有不少事情需要处理。唯恐打扰到他的工作，我们依依不舍地离开，又继续投入了临床和科研工作中。

教师节当天叶老师与研究生们合影

其后两天，我正在进行着蛋白质免疫印迹的实验，突然接到叶老师的电话。叶老师说到教师节那天事务繁忙，没来得及和大家细谈，叫我问问师弟们明天中午是否有空，大家可以一起找个地方吃吃饭，聊聊有些什么进步，也谈谈目前有没有什么困难。我高兴地和师弟们讲了叶老师的提议，大家也都欣喜雀跃，安排好了第二天的科研实验，等着和叶老师的小聚。隔天又是个艳阳天，早晨叶老师就告诉大家，今天去的地方是武昌白沙洲附近的竹吟山房，他已经给大家预订好，大家可以组队坐车过去一起吃饭。到了 11 点，大家就从汉口坐车奔赴目的地。

从白沙洲大道进入南国都市小路，我们一下懵了，这里大部分是现代化的居民住宅区，但在稍远处却是杂乱的拆迁和建筑工地。这弥漫着的现代化、工业化气息，哪里和“竹吟山房”的文艺气息有任何关系呢！下车后四处打探了三分钟，我们就满头大汗，后悔忘记问清楚下车后该怎么走，也纳闷是不是司机给我们送错了地。高热也引得大家纷纷吐槽武汉的建设高潮虽然让武汉旧貌换新颜，却也让有些地方变得面目全非，路都没法找。大家没法，只得打开手机导航，地图提示转过一栋楼就是目的地。我们将信将疑地走过去，果然看到了这闹中取静的世外桃源——竹吟山房。竹吟山房的大门就开在普通的居民楼的一侧，古朴的砖瓦结构和大门周围的竹林、藤蔓一下子就将它与门外的喧嚣和杂乱隔绝。大门上方是黑底绿字的招牌，上面有王文农先生遒劲的四个大字“竹吟山房”。两侧对联来自于晚清帝师翁同龢：每临大事有静气，不信今时无古贤，横批为紫气东来。这时我们才确信来对了地方，来到了喧嚣都市中的隐幽之园。叶老师听到我们的谈论声，来到门口，把我们带了进去。

竹吟山房大门

进入山房内，顿有豁然开朗之感。整体而言，竹吟山房是明清徽派四合院样式，墙壁看着很有些年头，中间夹着砖雕；道旁两侧有着傲然挺立的竹丛，幽静的氛围下，的确可以偶尔在起风时听到竹叶的吟唱；院中巨大的樟树悠闲地舒展着枝杈，树荫遮盖了大半个院落；青砖黛瓦之间，蜿蜒的凌霄和紫藤恣意地缠绕，用粗壮的枝条诉说着岁月的故事。

竹吟山房入口小道

在山房内呆了短短一会，暑热就完全消了，只剩清凉和舒坦。阳光和煦，透过树叶洒下斑驳的光影，我们坐在院内的木凳上，看着各种绿植、盆景，逗着慵懒的猫咪，也都消除了连日的疲惫，精神大振。我好奇地问："叶老师，这个地方怎么看着像个小型私家园林啊？"叶老师笑着说："这个地方可不仅仅是个吃饭的地方，还是个私人博物馆。你看到门前牌匾的落款王文农了吧，王文农先生就是齐白石大师的入室弟子，湖北省的书画名家，这个地方现在的主人是王文农先生的孙子和孙媳妇呢。等下我们就先跟着女老板去参观一下这家的书画收藏，听听老一辈艺术家的故事吧！"

雅致闲适的院落

正说着，女主人过来，邀请我们参观竹吟山房的书画收藏，我们也随着她上楼。到了三楼，首先看到的就是文农艺术沙龙（王传义工作室）的牌匾，打开房门，映入眼帘的就是一副对联：“应伤屈原怀故国，却怜邵子乐行窝。”女主人自我介绍是王文农先生的孙媳妇，也是王传义先生的儿媳妇，王文农和王传义父子都在书画方面有较高的造诣。王文农出生于湖北大冶，毕生从事国画创作和教学，也对书法、篆刻甚为精通，其画竹为一绝，创作的“风雪竹”和“风雨竹”独树一帜。其有子女七人，其中王传义继承了其书画方面的衣钵，在国画、连环画等方面有较高的造诣，曾绘有《李自成》等连环画和众多国画；而其女王传芬也利用布贴艺术这一非物质文化遗产传承荆楚文化。

女主人还动情地讲起了王文农与齐白石亦师亦友的故事。王文农就读于京华美专时，在时任北平印社社长的湖北老乡吴迪生介绍下，拜于齐白石门下。在北平期间，王文农时常去齐府向老人请教，共同探讨书画技艺；交往中，王文农不仅绘画技艺大有长进，还接受白石老人的言传身教，爱国忧民，嫉恶如仇，对侵华日军和卖国求荣的汉奸予以了无情的痛斥和鞭挞。大冶家乡沦陷后，王文农逃难到汉口，仍不忘感召学生爱国保家，勇赴国难。战争使王文农与白石老人难以见面，甚至书信音讯也隔绝多年，但地理的阻隔和联系的中段，并未隔断师生间的情谊。白石老人后来得知王文农子女众多，家庭负担重，特地寄来为他书写的润格横幅，在王文农慈母病逝时，也立即书写“大勇慈祥”篆书大字横幅寄赠。其后为了勉励自己的高足，又题赠了《三鼠烛台》和《六虾》两幅画作，并题曰：“文农仁弟不通音讯常数年，今为此作，如长相见，八十七岁白石。”王文农也时常感念白石老人的关怀和慰勉，与其互通有无，互相鼓舞，直至迎来了新中国的成立。在1957年白石老人不幸溘然长逝的噩耗传来时，王文农痛不欲生，茶饭不思数日，也因与白石老人见面太少引为终生遗憾。听完王文农先生与白石老人的师生情，我们也被深深触动。有一位“高山仰止，景行行止，虽不能至，心向往之”的老师是何等幸运啊！师生之间并非只是授业解惑，更重要的还有传道；跟着好的老师，除了要提升学术造诣外，还应该学习老师的为人处世之道，做一个大写的挺立的人。学术、艺术上应努力推陈出新，争取青出于蓝而胜于蓝；人格上应不忘初心，向自己的楷模努力靠近。

上排：文农艺术沙龙大门、文农艺术沙龙内景、《三鼠烛台》、《六虾》；中左：风雪竹；下左：王文农诗作；下右：《李自成》连环画

观看完展览，我们内心久久不能平静，沉浸于绘画艺术与精彩故事。叶老师说：“大家今天都受到了艺术的熏陶，不过艺术可不能填饱肚子啊，咱们先去喝茶，然后等厨房准备菜品吧！”我们来到雅间的桌前，满以为叶老师要马上点菜，结果叶老师却直接让服务员准备开水，并未点菜。我们都很纳闷，这一直不点菜，虽然跟着叶老师肯定能喝到好茶，但光喝茶也不能充饥吧。叶老师估计看出了我们的困惑，笑着说：“这竹吟山房也是很有特色的，客人是不用点菜的。咱们吃饭的菜式都是主人按照季节、心情以及客人需求的价位随性安排的，提前一天就安排好了菜。我们先喝点茶，聊聊天，等会菜准备好了，大家再吃。”大家疑惑方解，顿时又对今天的茶充满期待了，因为我们都知道叶老师是懂茶、爱茶之人，甚至还有“叶茶究”的称号呢。待茶水及茶具取来，叶老师也取出自己专门准备的云南古茶树普洱。叶老师说：“这茶叫千家寨，是四川大学华西妇女儿童医院的牛晓宇副院长在云南访得。她也是女性泌尿外科领域的专家，曾经和我一起探讨了一些学术问题，也客气的叫我叶老师。后来听说我爱茶，就给我带了一点千家寨茶让我品尝一下。这个千家寨位于云南普洱市镇沅县，那里有着世界上最古老的野生古茶树，年龄最大的已2700多岁了，可以说是全世界茶树的鼻祖了。现在这批茶存放时间还不久，比较生，正适合夏末饮用。”我们赶紧好奇地看了看茶饼，朴素的包装纸一拆开，清香就扑面而来，撬下一块，只见每片茶叶都是饱满扎实、叶形俊秀，不由得对茶的期待更加高涨。

千家寨茶饼、干茶及茶汤

给我们介绍完茶的来历后，叶老师洗了一遍茶，滚烫的水接触珍藏的茶，顿时黄色茶汤引得满屋鲜香四溢，茶气锐不可当。洗完茶，就是正式冲泡了。这时，山房主人云山先生也走了过来，说到：“您这确实是好茶啊，我刚回家就被您这茶香给吸引过来啦！我可要讨杯茶尝尝啰！”叶老师说道：“请便！”云山先生品完，连呼“舒畅”，说道：“今天不能打扰大家，但改日肯定还要和您分享一下好茶。隔壁就是我的茶室，还请今后多来啊！”我们也细细地感受这难得的茶饮，只觉这茶香气浓郁，初入口稍有苦涩感，但滑过咽喉后就开始觉得口感变得细腻柔顺，喝完有强烈的回甘，口腔也是生津不断，心旷神怡！大家品着茶，和叶老师聊着生活学习中的事情，也听他讲了茶的品鉴和禅茶一味的真谛，真是受益匪浅。听叶老师说起“禅茶一味”，我也回忆起了叶老师以前给我们讲过的净慧法师的生活禅。净慧法师提出做事八字方针“感恩、包容、分享、结缘”。我想叶老师其实也是在生活中体味禅机、修行自我啊。他平常就与人为善，广结善缘，把医学同道作为良师益友，对病友是尽心尽力。最近刚尝到了一点好茶，就如此慷慨地和大家分享，这样就是在践行生活禅啊。叶老师还谈到了印象派及其后的西洋画流派的绘画，也谈到了武汉画院冷军的超写实主义绘画，让我们对绘画艺术也多了些了解。我们也了解了更多叶老师的文艺范的侧面。喝着聊着，大家都兴趣盎然、毫无饿意，直到服务员提醒我们菜都准备好了，我们才从这份愉快中暂时抽离。

竹吟山房内的茶室

等到菜品上来，大家的食欲又都被调动起来。这里的菜品主要还是湖北本地口味，咸辣适中，口感醇厚，大家吃得津津有味。排骨、小龙虾、卤鸭等各种菜品轮番上阵，不一会就让大家满足得吃不动了。连不起眼的泡椒黄瓜也有独特风味，使人食欲大增。

吃饱喝足后，大家在院内游览了一会，就与叶老师道别，心情舒畅地返程。今日也确实是叶老师送了我们“一日闲”，现在得回去继续好好做事了。师生之情也犹如竹的吟唱，水的流淌，茶的成熟，不用明说也在心中酝酿和发酵。桃李不言，下自成蹊。我们心中感念叶老师对我们的关爱，也就应该老实做事，踏实做人，以后成为优秀又正直的医务工作者。他最期待的应该也是如此吧。

美味的菜品

云水谣探茶之一：土楼红美人

王卫红

很多人来到这里都会说："看，这里是拍电影的地方。"仿佛是因为有了电影才有了我们这片美丽的地方，但其实这片土地一直在这里，因为有了它的美丽，才有了《云水谣》这部电影。在和茶摊的老板闲聊的时候，他自信地告诉我。

这次"闯入"云水谣其实是因为一部大家都很熟悉的电影《云水谣》。这块山川秀美、人文丰富的宝地原名"长教"。而影片里也充分体现了这片土地给人带来的超然感觉，因为那幽长古道，因为那百年老榕，还因为那灵山碧水，无不展现着氤氲的田野气息和晨雾中迷离的土楼别样的身影。在山脚下、溪岸旁、田野上星罗棋布着一座座从元朝中期就开始建造的，拥有奇特的建筑外观和实用的内部结构的土楼，他们才是最引人注目的，其中保存完好的就有53座，一直吸引着人们前来参观。在福建

山川秀美的“长教”

土楼“申遗”成功后，为借《云水谣》之名树立品牌，“长教”因此被命名为“云水谣”。我对“云水谣”心中向往好多年了，今夏终于得以成行。

两天来，我和女儿穿梭在土楼景区。到处可见山的峻峭英姿，溪的秀丽媚态。山上是屏风一般的苍松翠柏，溪边长满了密密层层的苇草。翠绿中最吸引人的是岭阪上层层而上的“梯田”，那都是茶园。在游览的过程中，看到路边有不少卖茶叶的店铺，这里的人们以茶会友，无论你是否有意选购茶叶，大家都会热情地邀请你进来歇脚、品茶、聊天。见得最多的招牌是“土楼红美人”。这个“红美人”很吸引我的眼球，我想探一下究竟，品尝一下滋味，就欣然走进一家路边的茶叶店，点名要喝“红美人”。“红美人”茶叶紧结圆直，其外形细小紧秀，颜色为黑色，沸水冲泡后，汤色为金黄色，滋味浓烈香醇，喉韵悠长，沁人心脾，其香，热嗅蜜香浓郁，冷嗅甜香持久，叶底舒展后为亮丽古铜色，芽尖鲜活，连泡 12 次，口感依然饱满。

坐在云水谣用鹅卵石铺成的古栈道边，领略古道悠悠、碧水青青的同时，一盏好茶瞬间平复了人在旅途的燥灼，边品茶，边听茶主人述说“红美人”的前生今世……。“红美人”生长在世界文化遗产地福建土楼海拔 1000 米以上的高山上，茶叶采自芽尖，采摘的鲜叶经萎凋，揉捻，全发酵完成，再用带有松柴余烟的炭火烘干。整个过程炒茶师采用手工炒制，这就是形成“土楼红美人”特质的重要原因。

笔者女儿在古栈道及土楼游览

笔者及女儿品尝红美人

红美人生长于秀美的高山梯田

“红美人”的诞生还有一段动人的故事，这就是一个有关客家人闯天涯的故事。听说以前，客家人为了谋生，出去闯世界。有个叫红的姑娘，是客家人的妻子，其丈夫闯天涯去了南洋，一番打拼后在南洋再创家立业。结发妻红姑娘，在婆家照顾俩老及幼小，她勤劳、智慧、能干，把家庭打理得井井有条。公公长年胃不适，又酷爱茶水，红姑娘发明了暖胃的红茶汤，公公感慨儿媳孝道，又叹儿子的无理。多年后，公公离世，儿子奔丧，自觉愧对红姑娘的恩情，手捧红姑娘沏上的红茶汤，内心久久不能平静。他毕竟在南洋还有个新家，告别红姑娘后，客家儿回到南洋，处理完在南洋的家业后，又重新回到红姑娘身边。是红姑娘的真情真义，还是那一碗红汤茶唤起游子回归呢，不得而知。但有一点，“红美人”茶汤确实滋养人。“土楼红美人”是红茶中的佼佼者，以“香高、味醇、型美、色艳”四绝闻名，汤色红艳明亮，叶底软亮均匀，滋味鲜醇甘浓，香气清爽持久，细品之下，有蜜香味和兰花香。土楼红茶性温，温中驱寒，温胃，能化痰，消食，开胃。可见，红茶宜脾胃虚弱者饮用。红茶含有大量的酚类物质，从临床试验结果看，它具有抗氧化，降低血脂，抑制动脉硬化，增强毛细血管功能，抗突变等作用。

红美人茶叶及茶汤

故事毕竟是故事，不知道真假，但我相信真实的感受，红美人这款茶非常适合我。我通常不会在旅游景点购物，但这次是个例外，吸引我的绝对不会是“红美人”这个有点妩媚有点俗气的名称，而是那股沁人心脾的感觉，那味道只有亲自品尝过后才能体会到，使人舒坦和畅快。

此时，我在隔山隔水的宁波沏一壶“土楼红美人”，茶叶缓缓舒展着，茶水依然嫣红，茶汤温润熨贴，茶香氤氲蔓延，边喝茶边观看以土楼为场景所拍摄的动画电影《大鱼海棠》。女主角“椿”出场时就是一袭红衣而楚楚动人，恰似红美人。好茶似佳人，我回忆初见“红美人”的好奇和初品“红美人”的欢喜，想象着这一盏红美人，如开在土楼的花，将那活泼灵动和娇柔色彩，一齐泼洒在闽西的山水间。随时潜伏又随时浮现的花，一直在释放着同一个静谧而又温柔的信号——花都开了，坐下来喝茶吧！是的，喝茶是门槛最低的高贵。在我的耳濡目染下，女儿此行也爱上了她。那么，我们一起喝茶吧！

云水谣探茶之二：寻访铁观音

王卫红

原来感觉喝茶，只是单纯的消磨时间，这次在云水谣的一个下午，躲雨品茶听爱茶的人分享故事，突然领悟到这是一个安逸且十分享受的爱好。对于我这种好动的人来说，培养品茶的爱好是一种对生活极好的补充。这是我和女儿在云水谣的一次访茶感悟。

行走在福建的山山水水之间，一定会联想到一种茶：铁观音。铁观音茶为中国传统名茶，属于青茶类，是中国十大名茶之一。“铁观音”既是茶名，也是茶树品种名，该茶介于绿茶和红茶之间，属于半发酵茶类。铁观音独具“观音韵”，清香雅韵，冲泡后有天然的兰花香，滋味纯浓，香气馥郁持久，有“七泡有余香之誉”。

经朋友推荐，我要去探访一位姓简的制茶师。在《云水谣》

电影上映后，简师傅所在的云水谣坎下村渐渐成为旅游胜地。因为游客生意好做，有些茶商为图赚钱快，对做茶粗制滥造。但是他不一样，对茶是真爱，不惜花费精力和时间复原老工艺。他感受茶山南坡和北坡差异，寻觅时令和温度的平衡，茶园既用以谋生，也兼修性养心。之后他又有了自己的空间，与好友清云一起做了民居，各取了2人名字中的一个字——称之“山云民宿”，用来招待来往茶友，也存放自己的“养老茶”。

我和女儿游走在风格各异的大小土楼间，同时寻访着“山云民宿”，在著名的“怀远楼”附近，终于寻觅到了这家民宿。静悄悄的一楼，我叫了几声“有人吗？”没有回应，却隐约从一楼底下传出人声。拾级而下，循着声音来到民宿下沉式的大堂，真是别有洞天啊！没有前台，却有一个大大的茶台。茶台上磨盘当杯架、竹根当果盘，主人的座位是用天然的木条顺势而制作的一把椅子，椅子后面墙壁装饰了一个直径有1.5米的圆形树根，根须盘根错节却错落有致。我很好奇地问这是什么？圆头圆脸的简师傅开心地告诉我，是龙眼木的树根，挖出土后稍加修正，刷上桐油就成了一个很好的摆设，简直太美妙了！

简师傅拿出今年制作的碳焙铁观音开泡，茶香弥漫开来，冲泡之后汤色深黄，跟平常看到的清汤绿水的清香型铁观音完全不同。我们边品茶边听简师傅讲述他的制茶经历。碳焙铁观音茶叶是在传统半发酵的铁观音茶基础上，用木碳再次碳焙（故而得名）。简师傅说现在云水谣不少茶农都已采用电来焙铁观音，而他坚持人工的方法。制作工艺要经过冻青、晒青、凉青、做青（摇青、推置）、炒青、揉捻、初焙、复焙、复包揉、文火慢焙、拣簸等工序，最后用龙眼树木炭燃烧产生热能来改善茶叶的香气滋味，去除青味及减轻涩味使茶汤芳香甘润。烘焙至炭香、清香、浓香。对适合陈放的茶叶，茶叶本身底子好，选料好，工艺精，经木炭 6 至 36 小时慢火烘焙冷却后，包装保存于陶罐，置于土楼中，酷暑不热，严寒不冷，促进其后熟作用及一系列变化。这样制成的茶味道“醇，滑，青，爽”，沉香凝韵、绵甜甘醇。存放过久的一些老茶，还要每隔几年拿出用木炭焙火。这么复杂的过程，为的就是最大程度保留茶品的底蕴，使之经过一段时间的自然氧化后发酵而形成富有活性的老茶，加之年份使其得到独特的沉香。茶叶内部的茶多酚大量转化成茶黄素或茶红素，这些都是强抗氧化剂，对人体保健很有效果。陈年老茶会产生很多的味道，如碳香味、米香味、仙草味等。茶叶有奇特的天然回甘，天然的香气，天然的润喉感。

山云民宿古朴大方的大堂

古香古色的摆件赚足了目光

听着简师傅娓娓道来，真有那种“未尝甘露味，先闻圣妙香”的感觉。随着交流的深入，简师傅越来越打开心扉，开心地拿出各种年份的“养老茶”给我们一一品尝。看到若干年前制作的陈茶，在沸腾的山泉滋润下，舒展叶子，仿佛当年凝聚的天地灵气被唤醒。汤色褐红明亮，灯光下比葡萄红酒更迷人，香气浓郁，滋味甘润生津。这时，豆大的雨点突然打在楼顶的玻璃板上，“哒哒”作响，就像给我们美好的下午品茗时光增加了韵律一样。环顾室内的陈设，可以看出简师傅是个慧眼识货且心灵手巧的工匠。他用2根腰身粗的树干做主

茶叶经炭火烘焙后冷却，保存于陶罐中置于土楼中后熟

架的搁架，架子上放满了储存不同年份制作的茶的茶叶罐，还摆放了各色有趣的老物件，3个竹筒与黑檀木片结合的水壶台高低有序地摆放着，桦木块制作的茶盒，使观赏茶叶更加有大自然的气息。这些木雕和木制品原来大多是他在自家山头捡来的枯木，稍作打磨，就浑然融入了生活。我喜欢简师傅的不争和顺其自然，他爱茶，做了很多年的茶，也数次参加过茶王竞赛获得奖项，却说这些个荣誉不值得一提。简师傅的感悟也让我深思，“每一座山的茶叶做出来的味道都不一样”“春天就是喝茶的水，秋天就是喝茶的香气”“其实茶叶也很简单啊”……是呀，茶叶的前身就是一片叶子，是人赋予了它丰富多彩的滋味和不同的内涵。

简师傅请笔者一同品茶并传授茶经

喝喝茶，聊聊天，听听豆大雨点打在顶棚的响声实在是十分惬意。雨一直不停，似乎要留我们多呆一会儿。舒适的环境、简师傅娓娓道来的茶经，加上醇香的茶汤，这样的一期一会，让我们忘了时间。他们觉得生命里可以没有媳妇、可以没有孩子、可以不吃饭，但是茶一定要有。他们在40岁的时候，会单独辟出一个房间去储存一些茶，他们称之为“养老茶”。一晃3个小时过去了，恋恋不舍终归要离去，美好的下午让我们有约：来云水谣的时候一定再续茶缘。

什么是让游人停留和再来的理由，答案一定是“朋友”。以茶会友，更能引起心灵上的共鸣。在我的内心，每次旅行最能打动我的不是单纯的自然风景和事物，而是融入了人文的景观、事物和人。我们一生都在路上走走停停，会遇到那些喜欢和认同的平凡生活着的人和事。当我注视他们和他们所做的事，都会发现有趣的人所散发出来的人性光芒。成为一个有趣的人，做一些有趣又有利于别人的事，一定会是一个有意思的人生。相信女儿此次的访茶体验和对茶初步的领悟，一定会丰盈她的人生，同时也给我的内心增加几许对访茶的向往。

月光白

俞蔚文

这个秋天很美，秋的红黄是最宜人的背景，江的碧波似那伏岸的蛟龙。今夜的月色很柔，“月出皎兮，佼人僚兮”。良辰美景奈何天，当时明月，素影花榭。

笔者夜品香茗

“举杯邀明月，对影成三人。”初品月光茶，倍觉惊奇，究竟何物能配得上这台词。雪舞流年寒梅盛放，人世间，每人心里无不有一道美轮美幻的白月光。小酌一口，不如细细品来。

月光白是一种轻微发酵

的白茶，普洱系，又名月光美人，也被称为月光白茶、月光茶。此茶主要采摘云南地区乔木种普洱茶树顶端的嫩芽来制作，茶体一面是黑褐色，另一面是白色，犹如皎美的月光照在茶芽上，因此而得名。因为月光白的制作工艺是不经炒制杀青的，在萎凋干燥的过程中轻度发酵，所以背面毛绒绒的茶毫显现白色，正面是革质面，有茶褐素生成及沉淀，所以色比较深。月光白的干茶，枝条清晰，香气清淡，觉得和干白微熏的气味有些近似。但一经冲泡，香气四溢，茶汤醇厚饱满，呈温润的杏色，清甜顺滑，随着冲泡茶汤甜度增加，饮后齿颊留有花香，回味无穷，是值得细品的上佳茶品。

月光白的干茶及茶汤

在布郎族还流传着一个与月光白普洱茶有关的美丽传说呢。西双版纳傣族自治州的首府景洪曾生活着泰族、布朗族等多个民族，傣族族长召孟勐的七公主名叫南发来，美丽、善良又勤劳、勇敢，是寨子里美丽和智慧的化身。她小时候见到了部落间争斗带来的流血，所以对那些弱势部落的人民有着深深的同情。为了布朗部落与傣族部落的和平友好，她舍弃王宫优渥美好的生活，拒绝了其他名门望族的追求，最后却接受了布朗人叭岩冷的追求，与他共结连理，继而共同开创了布朗社会的新纪元。南发来不仅教会布朗人开挖梯田种植水稻，使族人衣食无忧，免于为了食物四处争斗；还利用自己掌握的种茶制茶技术，教布朗族人大面积种茶，并利用茶叶开始新的贸易，使布朗人走向文明和富裕。云南的普洱茶文化，就离不开布朗人的开创和发扬；而南发来则被布朗人尊称为“族母”和“茶母”。月光白茶是布朗人从众多茶品中选出的精品，民间称颂其如“七公主”般圣洁、高贵，是“七公主”美丽的化身，这高贵的茶也被选来作为进贡王族的极品。

茶归茶，凭己思。白昼之光，未知夜色之深。纷繁年代，人生如月，谁是谁的墨客清流，谁又是谁的白月光。文人总是傲骨昂首的，兀自扬起头，不允泪落沾襟，不允低眉屈膝，想是恰不会错过那道，柔美冰洁的月光。

开窗，依然一轮皎洁的明月悬在天空。淡淡的月光透过稀疏的桂花枝影，洒在窗前，洒在身上，月光之美在天上，在人间，在杯中。闻着茶香，闻着花香，忘了世间繁杂，任凭宁静欢喜，恣意地在心头流淌。

品茶深思，宁静欢喜

探武夷秘境土国在

陈国毅

说起武夷山的牛栏坑，大家一定都耳熟能详。但是在牛栏坑的山岗上还有一个神秘而美丽的地方，他的名字叫作“土国在”。为什么说它神秘呢？因为据记载，土国在的景阳洞天，曾经存有武夷山出名的仙蜕“草鞋仙”。

人死之后，尸体腐败化为尘土，应该为自然之规律，但是武夷山自古以来，众多道人，为世人留下了一道难解之谜，许多不朽的尸骸，成为武夷一大奇观。在大王峰、水帘洞、神通岩均有道士羽化后，肉身不腐的神奇记载。而在牛栏坑上方的土国在目前仍能有迹可寻。虽然古圣人的仙骸在历史长河里，已经遭破坏、失踪，但大家还是可以看看当时道人生活修行的环境，还能感受到其独特的洞天之气。

按记载，明朝万历年间，程艮初居杜葛岩，靠编织草鞋为生，经年不见，后发现他已经仙去，尸枯不朽，乡人置新衣将其收敛，肢体柔软“竟可扶坐”，令人诧异。乡民特意在岩上凿龛，将其置于其中，俗称“草鞋仙”。百年后，清朝康熙年间名士王适庵等瞻视后特为之记：“衣朽无存，而皮肉未毁，首微俯，叹目肤坐，须发宛然”。

不二门之远观图

外山门

牛栏坑

戊戌年暮春的雨后，叶章群教授一行在听到土国在的介绍后，深感兴趣，决定一同前往探奇观光。我们沿着牛栏坑的小路，蛇形上山后，开始往土国在方向进发。翻过天心寺的舍利塔后的两个小山包，来到一个开阔的 U 型山谷，见一大片的肉桂茶地呈现在眼前。如果没有人指引，还真发现不了右侧山脚下有一个斜行的山路，大名鼎鼎的土国在山门就隐藏在几颗芭蕉树的后面。进入山门，巨大的山崖像苍穹一样横立于头顶，面前一片开阔，可以看见古代修葺的木桩、屋梁的构造遗迹。隐约可以感知当时道观的宏大规模，还有神像矗立的痕迹。位于山崖的穹顶中部，可以看到很古朴的四个大字“景阳洞天”。随行的武夷山朋友介绍说：“此处岩壁比较奇特，丰上敛下，风雨不侵，古代的道人把这称为会仙洞。”向前约 10 米，一处崖壁下较凹陷处，有陈旧的凿刻痕迹。据说，此处就是当年大众供养“草鞋仙”神龛的地方。隐约可见山崖壁上烟火熏洗的旧迹，一副“仙人驾鹤归西去，丛丛茗翠印眼帘”的景象。

天心寺佛像及舍利塔

当地的友人继续介绍道：“土国在其实早先是叫杜葛寨，明代诗人谢肇淛有《杜辖岩》。诗云：‘路出诸峰外，门开流水边。数椽栖洞屋，一带隔溪烟。两涨岩头瀑，泉滋石罅田。萧然车马绝，鸡犬亦成仙。’写出这里隔绝尘囊的净幽绝境。相传古时有杜氏、葛氏两姓隐士举家迁此遁世，建寨纠集乡兵抵御山寇，名为杜葛寨，并勒此三字于岩壁，岩也因称杜葛岩。明万历年间，司丞吴中立见这里‘路径幽曲，杜绝车辖’，便隐居于此，改名为杜辖素，岩也因称杜辖岩。山门口垒石为门，并以谐音俚语提名门额为‘土国在’，寓意‘乡土之国永在’之意。

“这真是文化人聚集的地方啊！”叶章群教授不禁赞叹道：“武夷山确实是个神奇又有底蕴的地方，开始我不理解这个‘土国在’是什么意思，现在听你解说了，还真有一番深长的意味。”我们继续向前走去，在茶园后面竟然是一条数十米的深渊。而这个深渊其实就是我们一早沿路上来的牛栏坑了。

土国在之山门

古代高道清修处——不二门

古代杜葛寨的摩崖石刻

景阳洞天摩崖石刻

从山顶眺望牛栏坑，双侧岩势险峻，绝壁直峭，四周山涧凌雾，松兰丛生，与深处牛栏坑底是完全另外的一番感受。

随行的友人又带我们沿着山崖，蛇形至右侧，来到土国在最核心也是最坚固的关隘。由于此处山门极为险峻，大家也止步于其下，远观之，奇险的岩顶横空而出，山体像个张开大口的狮子，下方就是深渊，而古人却在狮子口的上方修建了一个石墙，凌空而建，实在无法想象当时是如何建成。远方石墙的里面，还有一个小石门，上书“不二门”三个字。据传为古代得道的道人隐居清修之处，一般人是无法进入的。我们一行人远观古人之胜景，发自内心虔诚地予以祈拜，以表敬仰之情。

土国在里的茶地、路上山果及崖壁茶树

而后，我们贴着崖壁，返回当初的景阳洞天空坪处，拿出事先带来的土国在肉桂，点起酒精炉，沸水泡茶。武夷岩茶的特点又呈现出来，土国在的肉桂有着和牛栏坑肉桂类似的香味，但是口感觉得洋溢、开阔，而记忆里的牛栏坑肉桂香味则更内敛悠远。确实就如同这两个山场外观上的差别，一个向阳居高，一个阴郁悠长。

土国在是神奇武夷山的一个缩影，那里不仅有道士羽化的不腐肉身，文人墨客的吟诗绝句，还有既具画面感又具岩骨花香的茶。也许那里有很多值得科学去解决的未知问题，但是作为一个爱茶者，喝好面前这杯茶，封印好脑海里美景，也许就是“活在当下”的禅意。

医者茶人李清盛

陈国毅

与李清盛的认识还是有些机缘巧合的，一日，清盛的表弟在我的茶室喝茶，正好有茶厂的朋友寄了一些茶样给我，让我品味工艺好坏。于是我按照审评的方式开始试茶，分别予以2分钟、3分钟、5分钟的座杯、品评。而后清盛的表弟笑道："你喝茶的方式和我的表哥很像，把茶浸泡得又苦又涩，怎么会好喝？"

我回答："这个是审评的一种喝法，主要座杯的茶，可以相对地把茶的优缺点都放大，你表哥这么喝茶，应该也挺懂茶的。"

而后交谈了解到，李清盛就是我妹夫的同学，在福州一所三甲医院当儿科医生，由于从小家里制茶，工作后也不愿荒废手艺，一边当医生，一边利用业余时间在做茶。早先也听说清盛对制茶品茶很是内行，同时对中医、堪舆、易学也有较深的涉猎。

这个也引起了我想与之进一步交流的兴趣。我自己身为一名外科大夫，其实是从小生活在中医世家。家父是福建中医学院的毕业生，由于各种原因回到县城内工作，在当时缺医少药的年代，所学所用绝大部分是纯中医。我们兄弟姐妹几个，从小头痛脑热都是吃着中药过来的。所以工作后，作为一名西医的外科大夫，总会听到不少同志全盘否定中医的言论，我也常常笑而不谈。我自己从小受到中医的熏陶，明白中医的疗效是毋庸置疑的，也知道一些中医基础理论。其实中医和西医是完全不同的东西，所以硬要和一个纯西医思想的大夫谈中医，其实就是两个不同国度的人在对话，虽有共通之处，也是交流困难。但这个并不是今天文章所要讨论的，暂且搁置，日后再谈。

于是我找到了清盛的联系方式，约好了某日在武夷山见面喝茶。见面之后，我和清盛对当下一些的茶的工艺和拼配方法都说了一些自己的观点，感觉甚是投缘。之后又谈到一个医生对正确饮茶的认知和宣传责任，其中他说的一些东西还是让我深有感触的。

其实，很多年前我就在《本草纲目》《本草求真》等中药古籍里读到，古代这些大医家是不赞成过量饮茶的，有甚者还提出部分体质弱的人是根本不能喝茶的。

而在和清盛的交谈中，我发现他已经将许多茶溶质内的有机成分的病理、生理特性弄得比较通透了。在此之前，我也翻阅过不少茶的有机化学书籍，知道茶溶质的没食子酸、茶多酚是对人体较有益的成分。而清盛已经做过相关的理化分析，岩茶内的没食子酸其实含量很少，反而红茶内的没食子酸含量更高，而要饮用到对人体有益的含量时，茶有害成分反而远远超出人体能承受的范畴了。这些观点其实和中医药学的观点是不谋而合的。而李清盛还指出，茶叶内的苦涩度，其实是和工艺

与李清盛在武夷山会面

完整度所造成的茶汤内咖啡因和反单宁酸的含量有关。苦涩的茶说明茶汤内的咖啡因和反单宁酸都超标，这些都是有肝肾毒性的，对血管内皮也有损害。

茶叶说到底依旧是树叶，贪饮也是无益

我之前一直以为，同时在众多场合和茶友也谈过，“茶叶做为一种植物饮料，其溶质带来的药用保健价值是被大众所抬高的。而相反，它带给人的精神愉悦和‘茶禅一味’对人心理、生理影响的益处，才是茶真正能让人念念不忘的原因。”

尽管首次会面时间有限，但我们交谈后大有相见恨晚的感觉。由于清盛对岩茶制作的工艺也甚是精通，临走时，我索要了他的两泡岩茶作为品评用。之后，由于清盛在制茶季都利用休息时间回武夷山制茶，因此我也能也经常与之互动交流，并相约行走茶山和景区。由于李清盛自小在武夷山长大，对武夷山的三十六峰、九十九岩了如指掌，并对武夷岩茶工艺的传承和历史也相对熟络，这也让我们有了更多的共同语言。

武夷山区大红袍产地

而对李清盛有更深的了解是在我喝了一泡他制作的竹窠百年老枞水仙之后。我经常和朋友介绍岩茶，个人总结好的岩茶有三大特性：一是汤水顺滑，入口即化，说明工艺完整到位；二是品种特征清晰；三是可以喝到岩茶独特的岩韵和其画面感。其实做到画面感是最难的，而在这泡老枞水仙里，我喝到了好茶的各个标准，还有就是喝到了制作人一种不媚俗的自信和我行我素的不羁，这种感觉要在多年的老师傅的茶里才能找得到。我也深觉清盛体悟到制茶技艺的妙要，身体力行和感同身受才可以将一款茶体现得淋漓尽致。

与清盛一同饮茶

作为一名医者，我和李清盛都有个想法，那就是茶叶作为中国老百姓最常见的日常饮品，应该有更多各学科的医学专家介入，这样才能真正推动茶生理学的研究和发展，让老百姓能明白地喝茶，健康地喝茶。

泰卦之易理和医理茶理

陈国毅

“洁净精微，易教也”是孔子对《易经》的评价。很多中国人其实不了解易经，但是日常中用的一些成语，办的一些事情，其实都潜移默化地受其影响。比如：七上八下、不三不四、否极泰来等。

个人粗浅地认为，世界文明史的源头是类似的，不管佛家的空无、道家的无为、基督的三位一体，都源于一种符号的演化，源头依照不同的文明渠道衍生出来，加之地域、气候、政治的影响，从而又形成了具有民族特色的宗教和哲学。易经如果抛开孔子注解的《周易》，就符号而言，就是一个极度平衡的二进制系统，就好像一个魔方，从最有序相同的面开始转化，形成不同的构造形态，中心点还是起始的六个面。平衡、对称，是不同卦象演化的内在牵制力量，儒家讲的中庸常说的就是其中的寓意，而形象化在六十四卦里，泰卦是一种最好的体现方式。

这里简单介绍一下泰卦，就是下面三横“☰”，上面三个断横，“☷”，下面叫乾卦，上面叫坤卦。直白的意思就是，地在上，天在下。

早年读到泰卦的时候，还是很诧异，地上天下，岂不是要翻天覆地的意思，怎么还会是六十四卦里的一个很好的卦象？之后深入学习才发现其实不然，易学里的这些阴阳爻，其实就是一种抽象的符号，只是按规律地提示一些事物的演变还有它要蕴含的哲理。而泰卦，就是要讲一个很深刻的道理，上下交通，阴阳应合，即是万事万物一个“通泰”的道理。

泰卦《象》曰：“泰，小往大来。吉，亨。天地交而万物通也，上下交而其志同也。内阳而外阴，内健而外顺，内君子而外小人，君子道长，小人道消也。”这段话大体的意思是：宇宙万物通泰的时候，幼小的事物有条件开始滋长，强大的事物开始内敛，如黑夜白昼在交替，是宇宙万物生生不息的基础。天地日月四季不同地运化，也形成一片欣欣向荣的景象。社会上下阶层互相沟通体恤，有道有德形成表率，还没成长的人还是虚心学习，自立向善，这个是类似天地化生之宜，事物繁衍生息的根本。

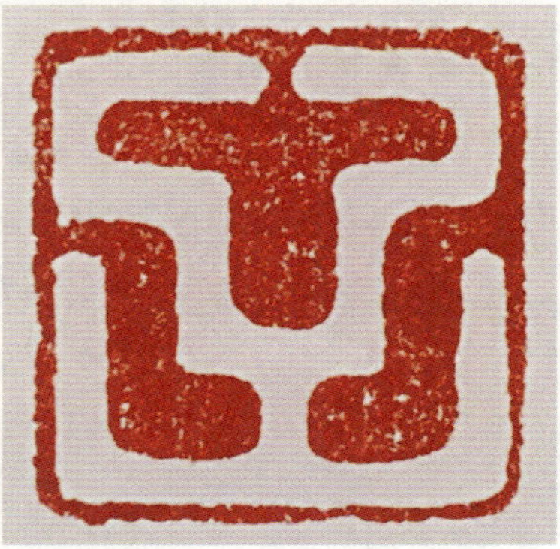

上下通泰，小往大来

一张一弛，文武之道，就是泰卦的一种表现。其实不管中医西医，治疗上讲的都是平衡的大原则。中医治疗疾病时，经常讲寒者热之、热者寒之、实者虚之、虚者实之。西医则讲发热了则降体温，手段有物理降温、口服退烧药，细节上明确病原学，使用抗生素或处理原发病灶；营养过剩时，建议体育锻炼，消耗卡路里；营养缺乏时，补充氨基酸、蛋白质、微量元素等。这些治疗手段的目的都是让机体达到一个动态平衡的状态。这里又要注意了，动态平衡这个概念是很重要的，也是易学上一个很重要的观点。世界万事万物都在不停地变化，而我们要求的平衡，就是一种活性地平衡，所以这也是中医一个精妙的地方。同样一个人感冒发热了，春季的药方和冬季就不同，不同地点发生的感冒，用的药物也不同，不同的人同时感冒，用的药方也可能大不相同。虽然我自己是个西医大夫，但我对中医的这些辨思还是相当赞同的。当然在西医学的大师里，也有这些方法用得很好的，关键不在用药上，在于思想的灵活和通泰上。

所以理解泰卦，不要拘泥于传统卦辞上的意思。它更深的寓意在于阴阳交泰上的过程和度，这是一种灵活的动态平衡，一种恰到其处的阴阳渗透，这时候就会产生奇妙的变化。道家有一个图形能很好地表现这个意义，就是太极阴阳鱼极度平衡时，就可以突破中间的太极弦，从而在极度阴阳平衡的状态下，产生个纯阳的新事物出来。如下图。

传统太极图

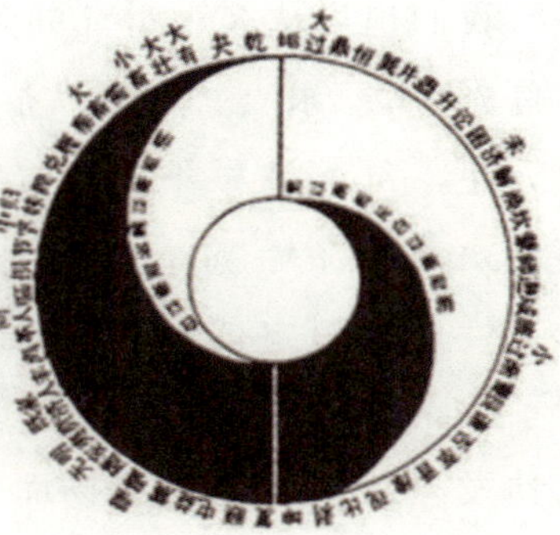

伏羲六十四卦太极图

太极阴阳鱼极度平衡时，突破中间的太极弦达到纯阳

“洁净精微，易教也”不仅指易理能让人心理宁静、澄洁，同时指出它的包罗万象、无比的细密精确。所以易理也必然涵盖了茶叶药学和制作上的道理，并能指导大家深入透彻地了解它。

首先茶叶作为一个药用植物，自古本草书籍里均有提及。经典《本草纲目》更是有大篇幅的记叙。李时珍曰：“茶苦而寒，阴中之阴，沉也，降也，最能降火。温饮则火因寒气而下降，热饮则茶借火气而升散，又兼解酒食之毒，使人神思爽，不昏不睡，此茶之功也。况真茶既少，杂茶更多，其为患也，又可胜言哉？嗜茶者观此可以戒矣。”

其实认真看完《本草纲目》对茶的介绍，会让不少人汗颜的。因为李时珍 80% 的篇幅在讲饮茶的害处，甚至提出“大抵饮茶宜热宜少，不饮尤佳，空腹最忌之”的建议。还有清朝的黄宫绣的《本草求真》对茗茶的评论也好不到哪里去。事实上是这样吗？我们也当从客观辩证的角度看待饮茶这个问题。

首先《本草求真》讲到：“茶叶禀天地至清之气，得春露以培，生意充足，纤芥滓秽不受。气味甘和，以清热解毒，入肺可以清痰利水，能涤垢腻，能解炙煿。”中医解读中药时，常常用外形及性质来拟定药物的兴味功效。《本草求真》也就是这样归纳了，茶叶是含春露而生，禀天地的清气，采摘时叶芽生生之气勃发，故性味也是清扬而上，像清水一样，可以洗涤身心的污垢。

凝日月精华始而得茶

人身之气，随一日的时辰在不停地升降，而中医理论里的魂魄皆是人精神思想状况的指挥者，睡眠时，魂是返回于肝脏的，而且主睡眠的深浅。清醒来，人的魂功能正常，则光明爽朗，聪慧灵通。而大部分的人，由于中午的进食，加之痰火的干扰，午后均会觉得困顿疲乏，就是魂的清灵状态受到干扰，而这个时候是饮茶的最佳时期。由于茶性清扬，又可以清热解腻，这也是体内气机上下通泰、阴阳平和的一种表现。而夜间的时候，魂在睡眠时是返回肝脏，魂返肝之前，人的心气和元气有意无意间会产生交融，这个时候人开始有睡意，如果这个时候饮茶就会起到相反的作用了。由于茶具有苦寒利尿的功效，这个时候肾气下沉，排尿增加，同时茶性清扬，心气上扬，故而心肾不交，反而是一种否卦的状态，人精神就会一直处于亢奋，影响了休息。故而茶之药用也不应盲目跟风，适时适人饮用是一种最佳的方式。

在唐朝陈藏器的《本草拾遗》里记载："诸茶皆性寒，胃弱食之多停饮，惟武夷性温，不伤胃，凡茶辟停饮者宜之。"同时在武夷山还有这么句话："一年是茶，三年是药，七年为宝。"其实这些话也不是空穴来风，自有它奥妙的地方。这个就是武夷岩茶独特的焙火工艺技术。前面介绍了，大抵茶叶的性质都是寒凉的，所以体质虚、脏腑寒凉的不宜饮用。而武夷岩茶的炭焙工艺就将茶叶这个缺陷很好地弥补了，这也是泰卦在岩茶上的一个体现，寒者热之，阴阳交合，自然产生出一种纯阳的事物出来。我着实为武夷先人的智慧所折服。而陈茶是宝又是怎么回事呢，我经常和茶友打比方，我们饮用焙火后的茶，就如同饮用冰块加开水的一样，将刚刚冲了开水的冰块一饮而尽，开水必将口腔烫坏，而冰块也来不及融化，又会将脏腑冻伤。炭焙完的茶叶也类似这样，没有经过充足时间的退火陈化，茶叶的生寒性味依旧在，而高温炙灼的火气也不少。这里我也很赞成子青的说法，岩茶的制作工艺，其实是一个祛除茶毒副作用的过程，工艺越精湛，毒副作用越低，对人体有益的作用越大。所以经过工艺锤炼和长时间陈化的茶，就类似泰卦的道理，阴阳交融，内外通透，“三年为药，七年为宝”的说法也不为过。

武夷岩茶的炭焙工艺

在岩茶的制作工艺上，焙火工艺又是产生清香甘活的先决条件。现在饮茶成风，岩茶除了药用作用，更重要的当然是它带给大家的愉悦的味觉体验了。而这里也和泰卦的道理密不可分。熟悉美食工艺的人，都应该了解一个“梅纳氏反应”的原理。这一系列的反应，始于碳水化合物分子与氨基酸的交互作用，两者会先后形成一个不稳定的过渡性结构，再经由进一步的反应产生出数百种不同的副产物，进而带来褐色的外观与丰富、浓郁的香气。梅纳氏反应所造成的气味比焦糖化产生的气味更加复杂，更有鲜度。因为在这个过程中，氨基酸的氮原子及硫原子，与含有碳、氢和氧的化合物作用，产生新类型的分子，增加了香味的层次。而岩茶焙火的工艺，就是梅纳氏反应的一个经典例子。熟悉岩茶工艺的人，都知道那句老话：看天

岩茶焙火：讲求适度以达到平衡

做青，看青做青。焙火时也同样是这种道理，茶叶的吃火程度和焙火温度的控制，以及焙火时间的长短，都是一个动态的平衡过程。据笔者观察，很大一部分岩茶制作人，并没有掌握制作工艺的核心，天天张口闭口就是“文火慢炖”。其实焙茶是个动态的过程，不同阶段应该运用不同的火候，要产生不同的效果，应该收缩焙火的时间。这期间重要的原理还是泰卦所蕴含的道理。

易理博大精深，广大精微。常常听武夷山的茶人说，岩茶的道理很深，不仅在工艺上，也在岩茶的品鉴上。按宇宙全息论来说，天人合一，一叶一菩提。不管岩茶的制作，还是身心的调养，深切领悟泰卦的道理是有很大裨益的。

淡定哥·败家子

何　玮

诸位一定好奇，“淡定哥”和“败家子”这两个风马牛不相及的名字为何放在一起呢？说起来这里面可是有故事的呢！

“淡定哥”和“败家子”是我为崔教授取的“雅号”，诸位休怪我不敬，且听我慢慢道来。

从听到崔教授的大名到见到本尊可是有些时日。当年这名字对我来说如雷贯耳，其一是因为叶老时常念叨，讲此人医术如何精湛，医德如何高尚；其二还是因叶老讲他不畏权势，为人真诚磊落。然真正与他熟识皆因茶，茶为媒介，让我们从最初的陌生、拘谨到现在的熟识、随意，这一切都得感谢茶。

那为什么称他为淡定哥呢？

记得那还是几年前，我刚刚接触到茶。叶老组织了一场茶会，几位茶友相约斗茶，我应约前往。在一个古色古香的茶楼里，一间雅致的茶室内，一场斗茶会办得像模像样且别具一格。有司仪，有流程，一共准备了好几个品种的茶，每个品种有二泡茶，分别由不同的人拿来，斗斗哪泡好喝。也是在这次茶会上我第一次与崔教授坐在了一起。茶会正按部就班进行着，忽然听到崔教授不紧不慢地说道："我也带茶来了，只是我不懂茶，不知道好坏。"说着拿出一个手袋，将茶取出，我离他最近，立马抢过来，一看，原来是一个陈旧发黄的纸包。彼时我对茶也是一知半解，只好递到叶老手中。叶老仔细拆开，看到里面有八个小方块，象小点心一样的东西，每个小方块的外包装纸也是泛黄，隐约见上面有字。只见叶老十分震惊，问道："母树大红袍？"大家一听都为之一震，兴奋不已，七嘴八舌地问道："真的吗？"于是齐齐地转向崔教授，用探询的眼神看着他。只见他微笑着、淡淡地说："我也不知道，今天叶教授组织茶会，我也没什么好茶，就将它拿来了。"大家立即拿过来相互传看，啧啧称奇，因为这就是叶老讲过的母树大红袍故事中的主角，大家兴致盎然，纷纷表示要拿一块试喝。征询崔教授，他淡淡地讲道："拿来就是喝的呀！"见此，我立马拿过来，将其中一个小方块打开递给茶艺师。在大家的兴奋的期待中，母树大红袍开泡了。沸水甫一入杯，顿时一股淡淡的兰香、蜜香溢满四座，轻啜一口居然有老普洱的味道，还有樟香、药香。再观汤色暗红、清澈透明，似一杯诱人的红酒，用琼浆玉液来形容实不为过。喝到高兴处，不知谁先讲到，我要收藏一块，另一个马上说我也要……最后只剩下可怜的二块孤零零地躺在那里。见此情景我赶紧将它们包好塞回崔教授手里，说：“快收好，快收好！要不然一会儿都没了。”他又是淡淡地微笑着说道：“没了就没了，只要大家开心。”我看着他，他的眼里满是开心快乐。我问他知道这茶很贵重吗？他说：“知道，当时送茶时朋友就讲过，这茶很珍贵，已是绝版，不要随便送人。”他那平静、淡定的神情给我留下深刻的印象。记得当时脑海里立即浮现出一个称呼“淡定哥”，真淡定啊！

当时我因初入茶门，初生牛犊不怕虎，也秉承初学茶时师傅的教诲，不谈好坏，说出自己真实的感受就行，所以每次喝了几口就大发议论，而坐在我身边的崔教授始终没有出声，只是静静地品着、看着、听着。叶老就讲：“你应紧开口慢开言，学学崔教授啊！”

过不久叶老又组织了一次茶会，也是在茶会进行中，崔教授又不声不响地从包里慢慢摸出一饼茶。大家拿过来传看，也并没怎么在意，都说：“哦，是一饼普洱。”看着看着，忽然在座的一位叫起来：“这包装纸上有一颗白菜呢！”大家立即凑过去一看，果然包装上有一颗“白菜”。因当时大家对茶还不是特别了解，只是曾经听叶老讲过“大白菜”的故事。叶老拿过去一看说：“还真是大白菜呢！”于是大家又开心地惊呼起来。我忍不住又问：“你知道这个是很好、很贵的茶吗？”他仍是淡淡地说出那句话：“我不懂茶，朋友给我时讲过……”。我脱口而出：“淡定哥啊！我真是服了你呀！一般大家拿来好茶后都是很开心、很期待、很激动的样子，而你永远是静悄悄的、不动声色的、淡淡的，你也明明知道这茶那么的珍贵，怎么就能这么淡定呢！你真是名副其实的‘淡定哥’呀！”这“淡定哥”的雅号就由此产生了。

至于为什么又会称他为“败家子”呢？这也都是与这两种茶有关。当初第一次茶会后剩下的那两小块儿母树大红袍，大家交到他手中让他保管好。过不多久，我有事打电话给他，又聊到那两小块母树大红袍，无意中说这茶很难得，一定要收好。谁知他说已经没剩多少了，我诧异地问这么短时间怎么就没有了呢？他说：“既然都拆开了，索性每次朋友来，我就泡给他们喝呗！朋友说好，要拿点去做标本，我就一点点地分给他们了，

看，淡定哥在国外旅游，多潇洒！

估计我家还剩一点点。”我脱口而出：“您这败家子！这么短的时间就将两块母树大红袍给败了呀！”

再说这小白菜，在第一次茶会时也就喝了一泡，剩下的让他带回去，下次茶会再拿来喝。谁知道这话也没说多久，有次碰到他，问那小白菜还在不？因有过上次的经验，就想时时提醒他一下，好好收着。谁知他仍是淡淡地讲：“我已经分得差不多了，一泡泡分给别人了，只剩下一两泡的样子，要不也给你吧！”我真是无言以对啊！只好笑着说您这“败家子”呀！

每次组织茶会之前，他手里若没有好茶，就绞尽脑汁去茶市找茶。时而给我发个图片，问这茶如何？我说您尝过没有？他说老板不让尝。为什么呀？他说老板讲这茶好几万呢！不能尝。不让尝怎知好坏啊！他说想买点好茶在茶会上喝，我说败

淡定哥开心地在武夷山采茶

家子您赶紧回家吧！想买点好茶在茶会上喝可以理解，但没有喝怎知是好茶呀？你不能这样败呀！

崔教授常说，这茶就是分享，我从这分享中也得到了很多快乐和喜悦。他说他不懂茶，只是喜欢喝茶。但我觉得他比很多懂茶的人更懂茶的真谛。他随性、淡定、包容的性格一如茶。虽然这“淡定哥”和“败家子”是我给他取的雅号，但也的确能代表崔教授的性格。这“败家子”的名字虽然不好听，但大家都很喜欢他这样的“败”。无论这世界变得怎样的陌生，怎样的复杂，但在真正茶人的世界里，人人都应有一颗感恩的、淡定的、平和真诚的心！也希望这世上多一些这样懂得分享的“淡定哥”和“败家子”！

陆羽茶经楼把茶言欢

孔祥波

作为一个爱茶的东北人，近年来走遍了中国的大江南北，有幸品到了五湖四海的各式好茶：云南的普洱、福建的大红袍、杭州西湖的龙井、湖北恩施的玉露……作为一个医者，在国际尿石联盟主席叶章群教授的带领下，我不仅在临床业务上与全国各地的专业同仁们齐头并进，而且在茶学与医疗结合上，指导大众医养结合、健康养生上也向叶教授学到了不少知识。在繁忙的工作中忙里偷闲、体悟禅茶一味的人生意境，成了我的一种乐趣。

己亥年暮春，有幸跟随叶教授及中国尿石联盟的众多兄弟们来到了湖北的天门。作为一个茶人，心中对茶圣陆羽都是无比崇敬，而湖北天门正是茶圣陆羽的故里，所以此次来到天门，实在难抑心中喜悦之情。一是可以和叶教授及各地的兄弟们把茶言欢，另外也可以好好地瞻仰下陆羽的纪念馆，怀古思今，从中感知茶圣的心路历程和他悲天悯人的博大情怀。

陆羽的一生传说诸多。一说他是个孤儿，被龙盖寺有名的智积禅师收养，后智积以《易经》占卦，来为其取姓名。他所得出的是第五十三卦《渐》："鸿渐于陆，其羽可用为仪，吉。"，所以姓取"陆"，名取"羽"，字取"鸿渐"。

在龙盖寺，智积禅师好茶，茶艺精妙，让陆羽从小就对茶产生了兴趣。陆羽撰写《茶经》前，曾在江南与诗僧皎然相识相熟，成为忘年交。当时皎然隐居山中，对自然之道与茶的融合有独到见解，又广结好友。陆羽从他那里结识了不少名士，也了解了许多不知道的东西。他在这里开始不断搜集关于茶的资料书籍，由此开始撰写《茶经》。

陆羽自幼聪颖过人，对有兴趣的茶更是痴迷，在茶学的钻研上更上一层楼。据史料记载，唐代宗在位期间，亦是十分喜欢喝茶，他听闻智积禅师善品茶，便请来他，奉上一杯沏好的茶让他品鉴，智积一品便知道这是陆羽所制的，皇帝大感好奇，命人寻找游历中的陆羽的下落。陆羽被请来后，又让他亲自沏茶，奉给皇帝和智积。果然如传闻所言，此茶清淡爽口，口味独特，极好辨别。代宗大喜，请陆羽在宫中任职，但如闲云野鹤的陆羽很快厌倦官场，辞荣入野，专心撰写《茶经》。御史李季卿曾在江南听闻陆羽之名，召见他前来小叙。他询问陆羽何处煮茶最好，陆羽答用扬子江南零区域的江心水煮茶最好。李季卿

雄伟的陆羽塑像

便吩咐仆人照做，待仆人取来后陆羽尝了口便断定这不是江心水，仆人大惊，下跪认错是自己一时不小心打翻了水，又掺了别处的水滥竽充数。陆羽不仅注重茶的品质，积极发掘茶与自然的联系，而且淡泊名利，不慕荣华。在成名之时不沉溺于浮华，敢于激流勇退，游历四海，撰写《茶经》，令人赞叹。自从《茶经》问世以后，天下人都知道了喝茶的益处，而陆羽也成了饮茶者供奉的茶神。

己亥暮春的晨初，我们一行人跟随叶章群教授来到天门的陆羽纪念馆。陆羽纪念馆位于天门市竟陵城区西湖之滨。当日下着毛毛细雨，我们打着伞，漫步到纪念馆门口，即看到百米开外高大宏伟的陆羽像，在飘渺的烟雨中，隐约显示出其桀骜不驯、超凡脱俗的气势。

据同行的导游介绍：陆羽纪念馆占地9900平方米，主要建筑物以陆羽故居遗址西塔寺为原型重建，由山门前殿(即陆公祠)、后殿(大雄宝殿)、涵碧堂、品茶轩等组成，红墙、碧瓦、大屋顶，一派古色古香。我们由门口步行到广场的中心，只见陆羽像右侧，一座石桥横跨池塘之上，这座桥就是古雁桥。据传说，幼时的陆羽即被父母遗弃在这古雁桥上，后被龙盖寺的智积禅师发现并收养。我们漫步在古雁桥上，感叹青石栏杆已经泛白，展示着风雨沧桑痕迹，人世间的事情真是如风雨浮萍般缥缈，一个被遗弃的婴孩，却成就了历史上一段传奇。距离古雁桥不远，青瓦红墙的陆公祠在翠柳红花中焕发着时代的光彩。

春雨暮霭里塘生春草，水照芙蓉，古雁桥的石拱与桥下的景物构成一幅美丽的图画。我们继续向前方，怀着崇敬的心情，致敬了茶圣陆羽像。向右侧弯过一段柳荫小道，来到了气宇恢宏的茶经楼。

茶经楼位于陆羽广场的右侧，楼高50余米，共有九层，为仿唐式风格的建筑。走入宽敞的大门，映入眼帘的是一块巨大的汉白玉屏墙，上书“茶道本源”四个大字，下方为各色玉石堆砌的“陆羽烹茶图”，给人古今合璧，天人合一的感觉。大

气宇恢宏的茶经楼

厅右侧有一巨大屏风，上为湖北省文联主席熊召政先生所作的《茶经楼记》，今一并录下，以飨读者。

茶经楼记

三乡宝都，地灵人杰，东连江汉，西望巴蜀。陆公鸿渐，茶之始祖，复州竟陵，茶之始源。念先贤盛德而重修其园，昭今世盛昌而增扩其制。

癸巳孟春，夜游于斯，皓月悬空，繁星拱缀相辉；金影卧波，华彩横流交错。香樟含情，沐春风而醉游人；木舟辑动，破湖水以问经楼。清风扶柳新芽短，湖色天光已浑然。铜钉磷磷，星布朱门，云柱鼎立，虔擎高阁。金缕缦回，流光溢彩，檐牙高啄，嘤嘤成韵。四方通达，八面玲珑，湖心小筑，傲视群物。极目迥望，万家灯火灿烂，侧耳遐听，拂面凉风习习。

江南四楼，皆有骚客。白云黄鹤，一去不返，烟波岳阳，迁客抒怀，秋水滕王，天才不遇，《茶经》名楼，以其作著。牛角挂书，抱道潜修，夙夜研茶，以开茶学。远播外邦而茶道扬，德泽今世而陆泉甘。茶之清者为佳，仕之清者为本；茶之厚者为醇，民之厚者为德。茶法百变而其质不变，仕民千易而其风不易，源清本正，以致于此。

尘世浮华，天下熙熙，抚今追昔，嗟叹生悲。羽仙不世，六羡难再。煮茗巷陌而清香沁心，著经茅台而万古流芳。淡泊可明志，宁静能致远，此中真意黄童知，却道今世几人行？

临楼有感，是为小记。

笔者一行人与茶经楼内陆羽雕像合影

在一楼大厅环绕参观之后，导游带我们一行人乘坐电梯到达茶经楼的顶层。极目远眺，茶经楼果然不同凡响，楼前的西湖碧波荡漾，烟雨缥缈，远方的天门市如海市蜃楼般影影绰绰，偶有微风携雨轻抚每个人的脸庞，使人宛如置身于过往和现代的交错时空之间。

“来、来、来。大家开始喝茶咯！”叶教授招呼了大家。

“在楼顶喝茶真是如天人合一般的体验啊！”同行的程跃教授不禁发自内心地感叹。

每次和叶教授出来，听他谈茶典故，真是莫大一件开心的事情，大家把茶言欢，共叙情谊。

茶经楼内《陆羽烹茶图》

“茶亦醉人不需酒，书能香我不须花呀！”李建兴教授笑道，“我这里有上好的马头岩肉桂，大家来喝喝。”

大家都兴高采烈地围坐在顶楼的茶座边上，这时来自武夷山的陈国毅教授当仁不让地当起了主泡手。在品鉴建兴的马头岩肉桂时，他也一并取出一泡随身携带的九龙窠肉桂。同样都是来自武夷山的岩茶肉桂，但是神奇的是，因产地不同加之制茶工艺不同，茶汤展示出了不同的香味和口感。陈国毅教授介绍，岩茶十分注重山场和工艺，在武夷山的行话叫作“看青做青，看天做青”，即是指不同手法做出的茶叶，不同天气做出的茶

茶经楼顶层笔者与各位茶友烹茶、品茶、论茶

叶，口感都各不相同。但是，认真品味之下，不同的口味深处，又都有岩茶肉桂的新锐、浓厚的香味。这丰富的味觉感受就像变幻的万花筒给人带来的一样。

其间听陈国毅教授介绍，陆羽《茶经》有言：“其地，上者生烂石，中者生砾壤，下者生黄土。”按目前可考据的记录，陆羽在完成茶经时并未到过福建武夷山，而其晚年据传到过武夷山旅行品茶，但此说尚有争议。但是著名的武夷山内三坑两涧（牛栏坑、倒水坑、慧苑坑、流香涧、悟源涧）为岩茶最著名的产区，而其大量的风化岩即是陆羽所谓的烂石，可见茶圣对茶叶培植的共性感知已经做到举一反三、一通百通了，这令

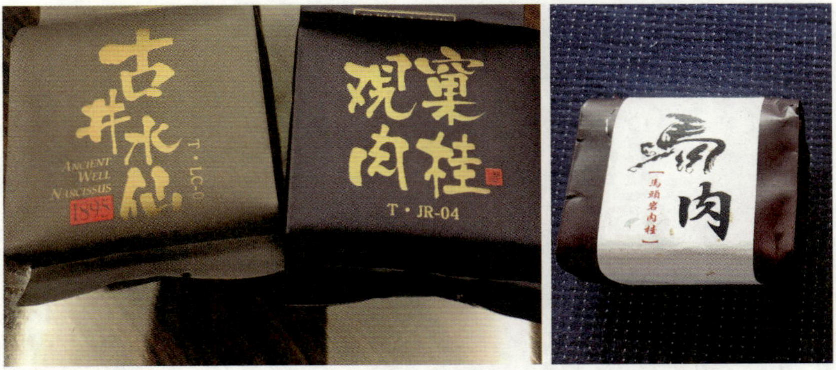

与茶友共品武夷岩茶

我们不由得对他更心生敬畏。

岩茶饮毕，我们开始品尝叶章群教授的普洱曼松茶。一说到普洱茶，叶教授是如数家珍，因他已是七进云南诸名山名寨了。

叶教授谈到，在慈禧太后独揽大权期间，她最爱曼松古树茶，对于最宠爱的大臣就是赏赐该茶。该茶产自西双版纳倚邦茶山，由于数量极为稀少，在当时都极为珍贵。所以产地的官员为了老佛爷的开心，保证朝廷进贡，长年压榨当地的茶农，收购大量曼松古树茶，制作成“金瓜贡茶”。“文革”期间大量贡茶流入民间，成为无价之宝。这些金瓜贡茶，曾有专家取了一些试泡，评语是：“汤有色，但茶叶陈化、淡薄”。这也正好印证了邓时海先生之说：“大多数喝过金瓜贡茶的品茗高手，都公认其茶无味之味，是茶中的最极品。”而今天叶教授这个虽然不是金瓜贡茶，但也是同一产地的曼松古树茶，大家莫不翘首期盼，一品这天下珍品的滋味。

共同品味曼松古树茶

随着何玮老师开泡了古树曼松，顿时一股自然清香的气息弥漫在茶经楼的顶层，随风四处荡漾，像妙曼的丝绸掠过鼻尖。我心暗想，可能茶圣陆羽有灵也在和我们分享着这份愉悦的精神盛宴。随着茶汤的入喉，可以感知到云南西双版纳茶的独特自然风骨，似乎与茶圣陆羽产生了一份灵魂共鸣。

暮春的雨下得迷迷蒙蒙，和我们一片热情洋溢的景象似乎有些不融洽。可是转念想到一首诗“绝怜高处多风雨，莫到琼楼最上层。”茶圣陆羽写成了名垂千古的巨作，并万世流芳，可是却是个孤苦的弃儿出生。世间的事不完美是常态。类似金圣叹感叹武松：说他具有鲁达之阔、林冲之毒、杨志之正、柴进之良、阮七之快、李逵之真、吴用之捷、花荣之雅、卢俊义之大、石秀之警。如此完美之人怎会见容于世间？怎能不失其一臂？所以我们今日有幸与五湖四海的挚友们共聚茶经楼把茶言欢，品饮武夷山、云南的顶级名茶，已实为幸事，虽有风雨飘扰，但亦是最平凡处见真情的写照。

笔者于藏茶阁学习陆羽《茶经》

悟·茶道

任　阳

作为一位执着的咖啡爱好者，我已经可以品尝出咖啡的产地，并对各种花式咖啡配方了如指掌，其中卡布奇诺是我最爱喝的花式咖啡。我从未想到会与茶结缘。

2015 年秋季我出差到武汉，参加与武汉同济医院泌尿外科联合举办的一个培训班。叶章群教授非常好客，晚餐后，邀请我参加晚上的斗茶 - 论茶道活动。我揣着十二分的好奇和七位医学界的茶道爱好者来到一间茶室，当天斗茶的“主角”是崔教授和周教授收藏的老班章普洱茶。他们分别把自己带来的一小块茶交给叶教授。叶教授开始介绍老班章普洱茶产地勐海的地理位置、气候、土壤、古树茶的生长年份和茶的口感特点。

他一口气说完，听得我目瞪口呆。

斗茶开始，叶教授先拿周教授的那一块茶，开始温具、置茶、洗茶、泡茶。此时，只见每一位茶友像变戏法一样，各自拿出自己专用的工夫茶茶杯，花样不一，都非常精致，而我只能用茶室提供的茶杯。叶教授娴熟地操作着，当他把闻香杯交给大家传递着闻杯底香时，我顿时十分惊讶，茶香竟是马汗味？我听着每一位闻香者说出的感受，拿着闻香杯深吸一口气，说实在的我没有觉得那是香味，但印象深刻。

在观看茶汤的色泽后，叶教授开始一道道奉茶，我不断听到周围茶友们的品茶感受：此茶有布朗山特有的马汗味，霸气、先苦后甜、舌根回甘快、口腔部甜润、微微发热……我跟随着大家反馈的感受去体会，仔细品味，好像有了同感。四道茶之后，叶教授拿起崔教授的那块茶，开始新一轮品茶流程，这次是要与前一款茶相比较。闻香：马汗味更浓烈；茶汤：色泽更深；品茶：味道更霸气，苦味重，回甘更快，甜润感一直到咽喉，发热出汗……我开始慢慢体会到这些感觉，而且真切地感受到这些字眼：霸气、苦味、回甘、全身发热。然后叶教授请大家对这两块茶评判打分，最后大家一致认为崔教授的老班章普洱茶品质更胜一筹。

我以为斗茶到此结束，忽见叶教授把两个茶盅中的茶叶分别倒入盘中，开始仔细查看冲泡后的茶叶，让大家看茶底。只见周教授的茶多为大叶片，叶较薄，很少的茶叶是肥厚的叶片，这说明夏茶比例高，春茶比例低。而崔教授的茶叶片肥厚，有茶头（关节面似马蹄），都是古树春茶。至此我不仅明白了老班章普洱茶应该如何品尝，还知道了所以然。真是一堂别开生面的品茶课，是我学习茶道的启蒙！从此以后，我开始对原为“茶”的茶有了兴趣，逐步了解茶的分类、产地、特点，知道了正山小种、老枞水仙、大红袍、老白茶……。而通过到临沧冰岛古树茶村的走访，对普洱茶中另一重要角色冰岛茶也略知一二。

笔者至云南访茶

一年多前收到叶章群教授赠送的泌尿外科专家们共同完成的《访茶游记（一）》，再一次让我领悟了茶道的魅力。尽管我仍然初心不改，每天两杯咖啡，但茶也成为我的每日必饮。茶里悟人生，苦中自有清香在。禅间岁月，悟久必将大道识。太多以茶禅一味为题的开示悟语，其实核心在于茶的两种姿态：

浮与沉；饮茶人的两种姿势：拿起与放下……

茶与咖啡

清浅的绿色，
沏进一片阳光。
清亮、芬芳、晶莹、绵长，
仿佛山野风吹，
飞花散落，舒展飘扬。

浓郁的棕色，
融入了热情和力量。
柔滑、醇香、苦涩、轩昂，
仿佛飘在云端，
斜阳照耀，激情奔放。

人在草木间，
心灵自翱翔。
苦甘乐然品，
纷扰各相忘。
独饮得神韵，
对饮意趣长。
淡雅与豪情，
相得又益彰。

心中有爱，处处阳光

章慧平　周　辉

秋末时节，随叶教授在市郊参加了一个学术会议。会议结束后，虽然收获满满，但大半天的脑力劳动也让大家都有些疲惫。尽管这秋日并无繁花似锦，也无绿树成荫，但是秋高气爽的时间去村镇走走，暂时离开城市的喧嚣，也让大家兴致很高。离开农房，我们走到了田间地头，在空旷的黄土地上享受了一番俗务皆忘、烦恼全消的时光。

此时农田的作物都已经收割，旱田大多显得光秃秃的。看着沿途的麻梗和柴火，以及犬牙交错的田埂，叶教授突发奇想："本来想和大家一起来感受下金色的收获和丰收的喜悦，看来咱们来的不太巧啊。不过来都来了，大家也难得聚在一块，还是应该来一次秋天的约会啊！我今天来参会，公文包里也还带了点茶，大家有没有兴趣就地烧水泡茶，尝尝黄土地上的野味啊？”我们听了叶教授的话，都笑了起来：“别人尝野味都是野生动物，今天没想到还可以尝尝喝野茶的滋味，真是有意思。”大家纷纷表态支持，也都“云集响应”，有人负责和当地村民确认是否可以就地挖挖田埂，有人负责去把叶教授公文包中的茶叶带过来，有人负责去小卖部买了铁壶、水、茶杯，我和叶教授也就地取材去捡了一堆麻梗和柴火。各路人马高效率地完成了各自的任务，就又聚集在一块，就地取材搭建简易煮茶设备。首先请当地朋友用铁锹在地上挖了一个坑，再用捡来的铁制废弃仪表盒往土坑的两侧一架，简易的土灶就完成了。点燃柴火，熊熊烈火很快就让满满的水壶哈起了气、唱起了歌。等到水完全煮沸，叶教授从包里拿出外表就不一般的老茶，放在水壶里，再接着煮了几分钟，阵阵茶香就慢慢弥散开来，让大家满鼻生香、浑身舒坦，同时也唇舌生津，盼着喝茶的心情也越来越急切。大家赶紧喊着要喝茶，当负责倒茶的小兄弟将一杯杯茶送到大家手上，大家不约而同地深呼吸，茶香沁入心脾，而不舍得马上喝茶，仿佛不将香味吸尽，把茶喝了是一种罪过。待茶水稍凉，香味稍淡，大家才轻轻地将茶杯放到嘴边细细品味，似乎动作快了，茶的韵味就不足了。

大家每人喝了一杯，我们在茶壶中再加了水，又开始了新一轮的煮茶。叶教授说：“今天这可是货真价实的喝野茶啊！不仅是田野里喝茶，这茶本身可也是野生古茶树制得的！不仅如此，大家今天也可以好好放松一下，让心情也野一点！”正在品茶的我们听着叶教授幽默的话，也欢笑盈盈，又开始兴致勃勃地猜测起茶叶的出处。大家踊跃发言、积极探讨，一致认为这一饼老茶香味浓烈，茶气特强，茶汤黄浓明亮，回甘保持时间长，能生津，且特别耐泡，到最后的茶底都还厚实饱满。今天这泡茶的工具极为普通，能有这等滋味实属不易。叶教授非常赞同大家的感受，接着给大家揭晓了谜底。原来今天这茶就是大名鼎鼎的“冰岛”普洱茶，还是生长在云雾高山的野生大叶种茶树茶。我们听后不禁啧啧称奇，庆幸今天有机会对这饼茶的前世今生有了基本了解，对茶学也算基本有了点入门，也为能在平原荒野感受云雾高山的精华感到兴奋。大家边品边聊，从茶学聊到佛学，又从佛学聊到艺术。叶教授还提到了以前在农村做知识青年的趣事，我们也各自谈到了生活中的新鲜事，大家越聊越愉快，直到带过来的水都化作甘美的茶为止。这野茶留存在大家的腹中，温暖了大家的心田。

田野上大家煮茶、喝茶

野茶喝罢，即将返程

在离开郊区回城的路上，大家依然沉浸在喝野茶的兴奋中，仍然在讨论快乐的源泉是什么，为什么有的人工作很累，却很快乐，有的人工作很轻松，却总在抱怨不公平，感觉生活很压抑。突然有人提出一个问题，为什么叶教授总是很开心、很快乐？今天大家之所以没有感觉到开会带来的路途辛苦、枯燥无味，一个重要原因就是叶教授和大家在一起。有叶教授的地方，就有欢笑声，有叶教授的地方，工作就很轻松，效率就很高。叶教授渊博的知识、广泛的兴趣、艺术的生活、佛样的心境，无论是在生活还是在工作方面，都能对我们起到很好的引导作用。于是大家就想请叶教授给我们讲一讲保持快乐心情的秘诀。叶教授也很爽快地答应了，他给大家分享的秘诀就是：首先要学会感恩，感恩别人，才能快乐自己；其次是要多做好事，帮助需要帮助的人，也多和他人分享新发现的好物件；最后是多点包容，生活中只要有包容心，就能发现别人的优点，就能在枯燥和平淡中发现乐趣。叶教授毫无保留地介绍他的秘决，让大家受益匪浅。我突然又想起之前和叶教授一起喝过几块钱一包的“大脚片”，也和做废品回收的小兄弟举着茶杯相谈甚欢。的确啊，人无论何时都不应该自以为高高在上，只有心中有爱，学会尊重、包容他人并分享快乐，生活中才能处处充满阳光。

快要回到单位了，突然车窗外下起了雨，这时有位同事很开心的说道：“早上出门天气预报就说今天是雨天，但是我们在田间烧水、煮茶那么久，都一直艳阳高照。还是运气好啊！不然这茶可没法煮，我们也就没口福了。”我一琢磨，的确就是这个理啊！这是不是正暗含着：只要心中有爱，抛开烦恼，处处就可以见到阳光啦。